LA DORADE ME DONNE LE HOQUET

Né en 1983, Jesse Eisenberg est un acteur américain, notamment connu pour son incarnation de Mark Zuckerberg dans *The Social Network* (qui lui a également valu une nomination aux Oscar) et pour son rôle dans *Insaisissables*. Il est par ailleurs dramaturge et collabore régulièrement à plusieurs magazines.

JESSE EISENBERG

La dorade me donne le hoquet

Chroniques

TRADUIT DE L'ANGLAIS (ÉTATS-UNIS) PAR ANTOINE CHAINAS

JC LATTÈS

Titre original :

BREAM GIVES ME HICCUPS
Publié par Grove Press, un département de Grove Atlantic.

ISBN : 978-2-253-06999-7 – 1re publication LGF

1

LA DORADE ME DONNE LE HOQUET :

Critiques gastronomiques d'un privilégié de neuf ans

Sushi Nozawa

Maman m'a emmené chez Sushi Nozawa hier soir. Matt habite juste à côté du restaurant, mais il n'est pas venu avec nous. J'ai dû éteindre la télé au milieu de mon émission préférée ; maman avait peur d'être en retard car elle avait réservé. Je n'avais pas idée de ce qu'elle avait été obligée de faire pour obtenir une table, a-t-elle prétendu.

La femme à l'accueil paraissait fâchée. Quand j'ai demandé à maman pourquoi, elle m'a répondu que l'employée était japonaise, que c'était dans sa culture. La cuisinière qui s'occupe de nous donner à manger, dans mon école, a la même attitude. Et pourtant elle n'est pas japonaise.

Peut-être que l'on se fâche simplement quand on sert les repas.

Chez Sushi Nozawa, il n'existe pas de menu. Maman soutient que c'est à la mode. Le chef se tient très droit derrière le comptoir et prépare ce qu'il veut aux gens. Lui aussi a l'air fâché.

Il nous a d'abord fourni une sorte de lavette mouillée. Je l'ai aussitôt posée sur mes genoux car maman affirme que c'est ce qu'il faut toujours faire dans les bons restaurants. Le tissu était si chaud, si humide, que j'ai eu l'impression d'avoir souillé mon pantalon. Maman s'est énervée. Elle m'a traité d'idiot.

La femme sévère nous a apporté un petit bol rempli de chair de poisson rouge baignant dans une sauce marron. Selon elle, il s'agissait de thon, mais je crois qu'elle mentait parce que le goût n'avait rien à voir. J'ai cru que j'allais vomir à la première bouchée. Maman m'a assuré que Sushi Nozawa était « très connu pour son thon », si bien que j'ai été forcé de terminer mon bol.

Il y a un type, à l'école, qui s'appelle Billy. Tout le monde le surnomme en cachette Billy la Brute. Il s'amuse à mettre du dentifrice sur la chaise de la maîtresse avant qu'elle entre en classe. Billy aussi est très connu.

Comme maman m'a dit qu'ils avaient des œufs, j'en ai commandé deux. Quand la femme sévère les a apportés, ils ressemblaient plutôt à des éponges sales. J'en ai recraché un morceau devant maman. Elle a plaqué les mains sur la table si fort que les couverts ont tinté. J'ai eu peur et j'ai encore craché des fragments d'éponge, qui ont atterri sur ses mains. Maman m'a grondé entre ses dents. Elle m'emmenait au restaurant uniquement pour envoyer la facture à papa. J'ai commencé à pleurer. Des bouts d'œuf immondes sont sortis de mes narines, mélangés à la morve. Maman a ri puis elle m'a tapoté le dos, avant de m'ordonner de me tenir tranquille.

La femme sévère nous a ensuite proposé de petites assiettes de riz, encore garni de cet horrible thon. J'ai demandé à maman de m'enlever le poisson. « Tant mieux, s'est-elle réjouie. J'en aurai plus pour moi. »

J'aime le riz. Maman le compare à du pain sans la croûte. Un bon point pour moi, vu que je ne mange que la mie. J'aime également quand elle dit : « Tant mieux. J'en aurai plus pour moi. » Elle n'emploie cette expression que dans ses meilleurs moments.

Lorsque la femme nous a apporté la note, maman lui a accordé un sourire et l'a remerciée. Un comportement un peu hypocrite dans la mesure où elle déteste payer le restaurant. Quand elle était mariée avec papa et que celui-ci prenait l'addition, elle minaudait : « Vraiment ? Tu es sûr ? Eh bien, merci chéri. » Maintenant que papa ne mange plus avec nous, peut-être que c'est moi qui devrais jouer la comédie : « Vraiment ? Tu es sûre ? Eh bien, merci maman. » Mais je ne le fais pas, car ces mensonges sont réservés aux adultes malheureux.

La serveuse a encaissé sans un mot gentil. À défaut d'être malheureuse, elle est vraiment fâchée.

Je comprends pourquoi les gens qui travaillent dans les restaurants font la tête. C'est comme tenir une station-service, sauf qu'au lieu de remplir le réservoir des voitures on remplit l'estomac des convives. Les clients mangent lentement, étalent leurs vies stupides à table, plaisantent entre eux. Quand le serveur arrive, ils arrêtent de rire. Ils refusent de partager leur gaieté avec quiconque. Et si jamais le serveur parle de sa vie à lui, il n'est pas autorisé à se plaindre. Il doit toujours voir le bon côté des choses : « Je vais bien, et vous ? » Qu'il s'avise d'avouer la vérité : « Je vais mal. Je suis serveur ici », et on le renverra. Son caractère empirera. Il est donc préférable de rester positif. Mais parfois, c'est impossible. Voilà pourquoi j'accorde 16 étoiles sur 2000 à Sushi Nozawa.

Masgouf

Hier soir, maman m'a fait découvrir un nouvel endroit baptisé Masgouf. Elle m'a expliqué qu'il s'agissait d'un restaurant irakien et que nous devions y aller car nous étions tolérants. Il était de notre devoir d'encourager cet établissement. Une réflexion bizarre vu que le frère de Matt est militaire en Irak. Un autocollant sur leur voiture recommande de « soutenir les troupes ». Je trouve étrange de préférer Masgouf au frère de Matt.

Maman m'a raconté que toutes les femmes de son club de lecture connaissaient ce restaurant. Je n'ai pas compris en quoi cela nous obligeait à y aller aussi. J'ignore d'ailleurs pour quelle raison maman s'est inscrite à ce club. Elle n'ouvre jamais un livre et, la veille des réunions, elle répète sans cesse « merde » et me demande de consulter Wikipedia. Je dois lire les résumés à voix haute et parler des personnages pendant qu'elle passe l'aspirateur. La tâche n'est pas aisée, car l'appareil est très bruyant et je dois la suivre dans toutes les pièces avec l'ordinateur à bout de bras.

Lorsqu'on entre chez Masgouf, on est d'abord frappé par l'accoutrement de certaines clientes. Beaucoup d'entre elles portent de grands masques noirs. On ne voit que leurs yeux. Maman m'a avoué, avec une pointe de déception, qu'elle avait espéré rencontrer « plus de gens qui nous ressemblaient ». J'ai répondu que nous ne savions pas à quoi les habituées ressemblaient puisqu'elles cachaient leur visage. Maman m'a donné une tape sur la nuque. Un geste d'énervement qui se produit souvent lorsque je parle trop fort, trop doucement ou que je ris.

Après avoir consulté la carte, maman a murmuré : « Ils sont un peu justes, niveau boissons. » Je ne savais pas ce qu'elle entendait par là. Je crois que ça se rapportait à l'alcool, parce que, chaque fois qu'elle ouvre un menu, maman étudie la liste des apéritifs avec un soupir de contentement.

Elle a décidé qu'elle commanderait pour tous les deux puis que nous partagerions. En général, cela signifie qu'elle ne va pas aimer ce qu'on lui sert. Lorsque la serveuse est venue prendre la commande, maman l'a regardée comme on regarde un SDF : « D'où êtes-vous ? a-t-elle demandé.

— Irak.

— Merveilleux. Quelle ville ?

— Bagdad.

— Oh », s'est désolée maman, comme si la femme était malheureuse, ce qui ne semblait pas être le cas. En fait, celle-ci souriait. Je lui ai souri à mon tour. Un large sourire, histoire de montrer que je n'étais pas toujours du côté maternel. La serveuse a eu une expression étrange. Peut-être a-t-elle cru que je me moquais d'elle, alors que j'essayais simplement d'être solidaire. Maman m'a donné un coup de pied par-dessous la table. Ma jambe m'a fait mal toute la nuit et une partie du lendemain, c'est-à-dire aujourd'hui.

Le premier plat avait l'apparence d'un insolite tas de riz, accompagné d'un gros bol de sauce rouge, dans laquelle nageaient des aubergines presque réduites à l'état de purée. Je me suis aperçu que maman n'était pas enchantée, mais elle a fait bonne figure. « Oh là là ! s'est-elle extasiée. De la cuisine traditionnelle. J'ai hâte d'y goûter. » Dès que la serveuse est partie, maman a porté une bouchée à ses lèvres, qu'elle a mâchée du bout des dents. J'ai vu ses narines frémir, signe qu'elle réprimait une nausée inconvenante au beau milieu du restaurant. Quand elle a dit : « Délicieux. Vas-y, goûte », j'ai su qu'elle avait détesté. Elle a finalement versé les aubergines sur le riz et remué le tout pour faire croire que nous avions mangé.

Le plat suivant s'apparentait à un kebab de poulet avec des frites. Malgré l'absence de ketchup, les frites ressemblaient à des frites et le poulet à du poulet. Lorsque maman et moi avons constaté à quel point le goût correspondait à ce que l'on pouvait attendre, nous avons échangé un regard soulagé, semblable à celui qu'aurait eu le frère de Matt, rentré d'Irak.

Sur le chemin du retour, maman a appelé ses copines du club de lecture pour leur raconter qu'on était allé chez Masgouf. Elle s'est réjouie d'avoir passé une soirée avec moi et d'avoir vu toutes ces Irakiennes voilées. Ce dîner, aussi exquis qu'instructif, lui avait fait oublier la nouvelle petite amie de papa, à laquelle elle n'avait d'ailleurs pas songé une seconde. Quand maman se répand en mensonges, non seulement elle ne dévoile pas ce qu'elle pense, mais elle dit l'opposé. La plupart des enfants seraient scandalisés. Moi, j'ai juste été triste.

À la maison, j'ai lu le résumé des *Hauts de Hurlevent* à maman tandis qu'elle passait l'aspirateur en sous-vêtements. Puis elle a commencé à se plaindre de maux d'estomac. Moi aussi, je n'en menais pas large, si bien que nous nous sommes précipités dans nos salles de bains respectives et n'en sommes sortis que longtemps après. Voilà pourquoi j'accorde 129 étoiles sur 2 000 à Masgouf.

Le Blue Bar de l'hôtel W

Hier soir, maman m'a emmené dans un bar ; un whisky-club appelé le Blue Bar. On pourrait trouver le nom plaisant, mais il règne dans cet endroit une obscurité angoissante, au sein de laquelle des gens trop maquillés et trop saouls font semblant d'être heureux en parlant fort.

Maman avait rendez-vous avec un type qu'elle appelait « mon ami veuf ». Dans la bouche de maman, « veuf » signifiait qu'il avait perdu sa femme et « ami » qu'il était suffisamment riche pour qu'elle l'épouse. Je n'ai jamais accompagné maman à l'un de ses rendez-vous galants mais, cette fois-ci, elle tenait à ce que je rencontre son ami veuf afin de lui démontrer qu'elle ferait une excellente belle-mère pour ses deux filles.

L'homme ignorait que je venais quand il avait proposé à maman de le retrouver au Blue Bar. Comme je suis trop jeune pour entrer dans ce type d'établissement, maman m'a expliqué que nous ferions semblant d'être descendus à l'hôtel W. Je lui ai répondu que je ne voulais pas raconter d'histoires, mais elle a précisé qu'il s'agissait d'un pieux mensonge, ce qui, j'imagine, est un mensonge destiné aux croyants qui désirent travestir la réalité sans se sentir coupables.

Je savais que, cette nuit, maman serait gentille avec moi parce qu'elle désirait étaler ses talents de belle-mère. Et quand l'homme est entré, elle a passé son bras autour de moi. Ce geste inédit m'a surpris. Je n'avais jamais remarqué à quel point sa main était froide et anguleuse.

Nous avons pris une table. « J'ignorais que tu amenais ton fils », s'est étonné le veuf.

Maman m'a serré l'épaule. « Nous sommes inséparables, ce petit bonhomme et moi. J'adore les enfants. » Je savais qu'elle mentirait, mais je m'attendais à une fable plus inspirée.

La serveuse s'est présentée à notre table. Elle s'est inclinée comme si elle voulait nous montrer son décolleté. Elle portait une minijupe noire du plus bel effet, mais seulement de loin. « Qu'est-ce que vous prendrez ? »

Maman a demandé un mojito à la fraise avant de s'adresser à son ami d'une voix enfantine : « Je suis une incorrigible gamine. » L'homme a souri, le rose aux joues. J'ai eu l'impression qu'il aurait préféré avoir rendez-vous avec une véritable jeune fille plutôt qu'avec une femme mûre s'exprimant comme une jeune fille. Il a passé sa commande sur un ton on ne peut plus sérieux, où chaque détail paraissait avoir son importance : « Un martini avec une rondelle de citron. Remuez bien. Ne diluez pas trop le gin. » Pendant que la serveuse notait scrupuleusement les consignes, j'ai songé que cette solennité frisait l'absurde. Nous étions dans un endroit où l'on ne vendait que des boissons. Personne ne savait combien cette activité était futile ?

La serveuse m'a une nouvelle fois montré son décolleté. « Et pour le jeune homme ? » Maman a réclamé un Shirley Temple. Je n'avais pas envie de goûter une mixture qui tirait son nom d'une fillette morte, mais je me suis tu. « Faites léger, a précisé maman. C'est lui qui conduit ce soir. » Les trois adultes se sont esclaffés. Non seulement la plaisanterie de maman était une invention pure et simple, mais elle n'était pas drôle.

Lorsque les breuvages sont arrivés, maman a bu le sien d'un trait avant d'en commander un deuxième. L'homme, lui, s'est contenté de siroter son gin. J'en ai déduit qu'il n'aimait pas particulièrement maman. Comme j'avais faim, j'ai essayé de piocher la cerise dans mon verre.

Plus maman buvait, plus elle paraissait s'intéresser à la défunte épouse de son ami. De toute évidence, le veuf ne voulait pas s'étendre sur le sujet, parce qu'il essayait de détourner la conversation. Maman s'obstinait à poser des questions bizarres, du genre : « Est-ce que Debbie a tenté la clinique de Cedars-Sinai ? Ma copine Joyce est une des plus fameuses endocrinologistes de cet établissement. » Je pense qu'elle désirait se vanter de connaître une personnalité de l'hôpital, mais étant donné que Debbie était déjà morte, sa réflexion était des plus étranges. L'homme paraissait décontenancé. Un moment, j'ai redouté qu'il n'éclate en sanglots, mais il a juste répondu d'une voix douce : « Non, nous n'avons jamais tenté Cedars-Sinai. »

En temps normal, maman aurait été gênée de sa propre maladresse mais, à cause de l'alcool, elle ne se rendait pas compte de l'agacement de son interlocuteur. Au lieu de s'excuser, elle poursuivait : « Je connais Joyce depuis la fac. Une femme remarquable. Et très cultivée. » L'homme acquiesçait.

Finalement, maman s'est éclipsée pour aller « se rafraîchir », ce qui signifiait qu'elle devait aller faire la grosse commission. Un des effets de la boisson sur ses intestins. Je me suis retrouvé seul en compagnie du veuf. C'était une proximité un peu embarrassante car, à mon avis, il aurait préféré ne pas m'avoir dans les pattes. De mon côté, je ne pouvais m'arrêter de penser à son ancienne épouse. J'essayais de me changer les idées, mais la tension grandissait, si bien qu'au bout d'un moment j'ai dit : « Désolé pour votre femme morte du cancer. » Je venais de commettre un impair, mais il fallait que ça sorte. Les paroles malheureuses sont parfois inévitables. « Merci », a-t-il répondu.

Ensuite, maman est revenue. Ses traits détendus suggéraient que la grosse commission s'était bien déroulée.

« Prêt pour le troisième round, camarade ? » a-t-elle lancé, visiblement résolue à étancher sa soif en bonne compagnie. L'intéressé ne partageait pas son enthousiasme. Il a regardé sa montre. « J'aimerais rester, mais mes filles m'attendent à la maison. Elles risquent de s'inquiéter. » Ces propos frappés au coin du bon sens, en particulier concernant deux enfants qui avaient perdu leur mère, m'ont rendu le veuf sympathique.

Il nous a raccompagnés jusqu'à la voiture. Au moment de se dire au revoir, maman l'a serré dans ses bras plus que nécessaire, malgré ses efforts pour se dégager.

Sur le chemin du retour, j'ai vu qu'elle était en colère. Son rendez-vous ne s'était pas bien passé et sans doute m'estimait-elle en partie responsable. Je voyais aussi qu'elle était saoule ; elle conduisait de façon erratique. Nous avons failli avoir un accident avec un homme qui a ouvert sa vitre pour nous insulter en espagnol. Maman lui a répondu sur le même ton, maudissant les Mexicains. Le type continuait à s'énerver. Je me suis mis à pleurer, même si je ne comprenais pas ce qu'il racontait. Les choses que l'on ne saisit pas sont parfois plus effrayantes que tout. Voilà pourquoi j'accorde 136 étoiles sur 2000 au Blue Bar.

MYM

Quand maman m'a demandé de choisir un restaurant, j'ai opté pour le MYM, à savoir Le Meilleur Yaourt du Monde. Un titre pompeux, sans doute. Il faut être bien prétentieux pour affirmer posséder le meilleur yaourt du monde, mais maman répète sans cesse que, lorsqu'on désire suffisamment quelque chose, on y accède. Vu que mon restaurant a sûrement élaboré son nom en fonction de son souhait le plus cher, ils sont probablement en mesure d'avoir le meilleur yaourt du monde.

Maman m'a aussi autorisé à inviter un copain. J'ai demandé à Matt de nous accompagner. Il préfère qu'on l'appelle Matthew et maman le surnomme mon « petit ami » alors qu'il est plus grand que moi, et même qu'elle. J'ai l'impression qu'elle ne l'aime pas beaucoup. Peut-être parce que Matthew et moi sommes copains alors qu'elle n'a aucune véritable amie et que papa la déteste, ainsi qu'il l'a proclamé à deux reprises avant de partir.

Quand j'ai demandé si on pouvait passer prendre Matthew en chemin, elle a poussé un grand soupir et prétendu que ce serait « mieux pour tout le monde de se donner rendez-vous directement là-bas ». Étant donné que Matthew habite sur le trajet et que « tout le monde » se résume à lui et à nous, j'ai trouvé la réflexion bizarre, mais je n'ai pas discuté. Matthew prendrait son vélo. Il nous retrouverait sur le parking.

Lorsqu'il est arrivé, il nous a tous les deux gratifiés d'une accolade. Sa nouvelle lubie. Personnellement, j'adore quand on me prend dans les bras, mais maman a eu un mouvement de recul. Elle n'aime pas qu'on la touche car elle n'a jamais de contact avec personne.

La carte du MYM propose énormément de parfums, signe qu'ils s'efforcent vraiment d'obtenir le meilleur yaourt. J'avais envie que maman et Matthew approuvent mon choix, alors j'ai fait remarquer : « Bon sang, regardez tous ces parfums ! » Maman a ajouté sur un ton sarcastique : « Le trop de confiance attire le danger, MYM ! » Matthew et moi avons échangé un regard amusé. Maman racontait vraiment n'importe quoi.

Mon copain a pris un Mountain Blackberry, yaourt qui selon lui possédait la plus belle couleur : une sorte de mauve soutenu qu'il qualifiait de « parme ». Je n'avais jamais entendu ce mot. Matthew m'apprend toujours de nouvelles expressions. C'est une des raisons pour lesquelles j'aime traîner avec lui. Quand je lui ai demandé pourquoi il ne prenait pas simplement son parfum préféré, il a prétendu qu'ils se ressemblaient tous et qu'il valait mieux, par conséquent, privilégier l'apparence. Maman a levé deux fois les yeux au ciel. D'abord lorsqu'il a prononcé le mot « parme », et ensuite quand il a souligné l'importance de l'aspect esthétique.

La serveuse a demandé à Mathew ce qu'il préférait comme garniture.

« Myrtilles et cerises, a décrété mon camarade.

— Juste deux fruits ? s'est étonnée l'employée.

— Oui, a tranché maman. Deux fruits pour ma paire de fruits. » Puis elle s'est mise à rire d'une surprenante voix de crécelle. Un comportement très embarrassant. « Désolée, s'est-elle finalement excusée. Je n'ai pas pu m'en empêcher. » De nouveau, nous avons été gênés pour elle.

La serveuse s'est ensuite tournée vers moi. Motivé par les explications de mon ami, j'ai choisi la même chose que lui.

Maman, quant à elle, a jeté son dévolu sur le chocolat hollandais. Elle a insisté pour savoir si le chocolat venait vraiment des Pays-Bas. La serveuse l'ignorait, mais elle pouvait se renseigner. Maman a dit que c'était sans importance et qu'elle prendrait tout de même le chocolat hollandais car il lui semblait « tellement décadent ». À la façon dont elle prononçait « Pays-Bas » et « décadent », j'ai deviné qu'elle moquait la ringardise du MYM. Peu accoutumée au sens de l'humour de ma mère, la fille a répondu avec le plus grand sérieux. « C'est un de nos parfums les plus authentiques.

— Très authentique, ironisa maman. Je n'en doute pas. »

Et au moment de choisir la garniture, maman s'est exclamée : « Oh, mon Dieu ! Je ne sais par où commencer. Qu'est-ce que votre sommelier pense des flocons d'avoine ? » La serveuse ne percevait toujours pas les railleries. Elle gardait un ton professionnel :

« Un produit très apprécié, madame.

— Vous m'en direz tant », fit maman, avant de s'esclaffer de nouveau.

Matthew et moi nous sommes regardés à la dérobée. La manière dont une même conversation pouvait se dérouler dans deux registres différents – l'un comique, l'autre grave – nous paraissait étrange. J'ai eu de la peine pour la serveuse. Maman se moquait d'elle à son insu, ce qui aggravait l'injustice puisque l'intéressée ne pouvait pas répliquer.

En quelques bouchées de Mountain Blackberry, j'ai été saisi d'un rhume de cerveau très douloureux. Maman a prétendu que ce genre de maladie n'existait pas. Elle m'a demandé d'arrêter de me plaindre. Matthew m'a alors montré une technique. Il fallait se détendre et passer la langue sur son palais. Il m'a fait la démonstration la bouche ouverte et, quand j'ai à mon tour entrepris de lécher mon palais, maman s'est énervée. « Bon sang, vous ne pouvez pas faire ça en privé ? »

Elle a goûté son yaourt recouvert de flocons d'avoine et ne l'a pas aimé. Dans un premier temps, j'ai été attristé, puis j'ai estimé qu'elle l'avait un peu mérité, après toutes les piques qu'elle avait envoyées.

Elle aurait pu avoir un yaourt délicieux, comme le mien ou celui de Matthew, mais elle a préféré se payer la tête des gens. Du coup, elle s'est retrouvée avec un mélange horrible.

D'une certaine façon, Matthew ressemble au MYM. Quelques semaines après avoir changé de prénom – Matthew au lieu de Matt –, il a commencé à proclamer que j'étais son meilleur ami. J'ai d'abord été surpris parce que, jusqu'à présent, il n'était qu'une connaissance parmi d'autres. J'aimais Todd et Cara au moins autant que lui. Mais plus il s'obstinait, plus j'avais l'impression qu'il était effectivement mon meilleur ami. Je l'appréciais chaque jour davantage, tandis que Todd et Cara comptaient moins. Matthew et le MYM affirment tous les deux être les meilleurs, en espérant bâtir une relation à rebours. Pour ma part, je préfère penser que tout se produit simultanément.

Maman, quant à elle, ne se vante jamais d'être une bonne mère. Chaque fois qu'elle évoque la maternité, elle dévalorise son rôle. « Dieu sait que je ne suis pas la mère de l'année », ou « j'ai commis plus d'erreurs qu'à mon tour ». Le MYM certifie détenir le yaourt le plus savoureux du monde, Matthew a décrété qu'il était mon meilleur ami. Vu sous un certain angle, j'imagine que ces déclarations les poussent à s'améliorer, ce qui n'est pas le cas de maman. Comme elle se dénigre, elle ne ressent aucune pression. Hormis, peut-être, celle de devenir la pire mère du siècle ou de commettre encore plus d'erreurs.

Tout ce que je sais, c'est que j'aime Matthew comme j'aime le Mountain Blackberry avec des myrtilles et des cerises. Maman, elle, est quelqu'un d'aigri. Elle a divorcé de papa et n'apprécie pas le chocolat hollandais aux flocons d'avoine, alors qu'au départ, elle avait ce qu'elle désirait.

Je voudrais être comme Matthew et le MYM, dire que je suis le meilleur pour progresser. Car lorsque vous vous rabaissez, les choses empirent. Voilà pourquoi j'accorde 1 954 étoiles sur 2 000 au MYM.

Cantine de l'école primaire Robert Frost

Aujourd'hui, il s'est passé un drôle de truc à l'école. Un truc dont les adultes sont contents, mais que les élèves ont trouvé nul. Je n'ai pas encore d'avis tranché sur la question. Peut-être que l'événement se situe entre les deux.

Notre école a été choisie pour participer au programme « Une alimentation saine pour des corps sains ». L'opération consiste à confier la préparation des déjeuners à des chefs renommés. Des repas équilibrés, mais aussi savoureux. Je sais que ces mots ne vont pas ensemble, pourtant les enseignants affirment que l'un n'exclut pas l'autre.

Le directeur a organisé une réunion avant le déjeuner, au cours de laquelle il nous a félicités. Une initiative singulière vu que l'on n'a pas fait grand-chose, excepté aller à l'école qui avait été choisie pour le programme. Le responsable se tenait à côté du chef cuisinier, un large sourire aux lèvres. Des photographes immortalisaient l'instant. Au moindre mouvement de leur part, le chef pivotait pour rester face aux objectifs.

Le directeur a affirmé que nous participions à la révolution culinaire, insistant sur la chance inestimable d'avoir ce célèbre cuisinier pour notre premier repas gastronomique. Nous, les élèves, ne l'entendions pas de cette oreille. Le nom du chef ne nous faisait ni chaud ni froid et nous allions à la cantine simplement parce que c'était marqué sur notre emploi du temps.

D'habitude, l'école nous sert des plats classiques, genre spaghettis bolognaise, poisson pané, ou pizza le vendredi. Je n'y touche jamais. La consistance est bizarre. La femme qui s'occupe des plateaux ressemble à une mégère affublée d'une charlotte. Elle mâche des chewing-gums la bouche ouverte. Elle me fait peur.

Je mange la même chose tous les jours : un muffin aux pépites de chocolat. Je sais qu'un tel régime ne constitue pas un menu équilibré, mais les gâteaux sont plus gros que la moyenne et spécialement moelleux, sauf sur le dessus, croustillant. La texture et le goût s'apparentent à un chewing-gum que l'on aurait le droit d'avaler. Délicieux.

En boisson, je demande toujours du Schweppes Lemon. Comme ils n'ont que du Schweppes au citron, je dis juste Schweppes et ils me donnent du Schweppes Lemon.

Mon menu ne varie pas. Au moins, je sais ce qu'il y a dedans. Cette routine a quelque chose d'apaisant.

Parfois, lorsque maman a des soucis et qu'elle n'arrive pas à dormir, elle me prépare un casse-croûte pour le lendemain. Ça lui change les idées.

Ses paniers-repas sont immangeables. Une fois, je me suis retrouvé avec un simple chewing-gum aux fruits et une boîte de cure-dents, accompagné d'une note me demandant de rester à l'école parce qu'un « ami » passait à la maison. Aujourd'hui, j'ai droit à du beurre, à des macaronis secs au fromage ainsi qu'à une boîte d'allumettes. Je crois qu'elle s'est contentée de débarrasser la cuisine. Les choses dont elle ne veut plus finissent soit à la poubelle, soit au broyeur, soit dans mon panier.

Quoi qu'il en soit, le déjeuner concocté par le chef cuisinier comportait quelques nouveautés, que j'ai notées sur mon cahier pour pouvoir m'en souvenir. C'était la première fois que je voyais de tels aliments. Pourvu que ce soit également la dernière car ils étaient vraiment dégoûtants.

L'entrée s'appelait « Salade de roquette sur son lit de betteraves rôties ». Des feuilles amères avaient remplacé la laitue et les tomates. Nous avions tous envie de vomir. Les betteraves étaient des boules noir foncé dont l'aspect rappelait vaguement celui d'excréments sanglants – ce en quoi elles se transforment d'ailleurs, ainsi que je l'ai récemment découvert au terme de la digestion.

Le plat de résistance était baptisé « Saumon poché à l'aneth ». Le poisson avait un goût de papier, tandis que l'aneth me donnait l'impression de mastiquer des brins d'herbe trouvés dans un sac de tondeuse.

La conclusion du repas, quant à elle, ne pouvait être qualifiée de dessert. On la désigna sous le nom de « Compote », mais il n'y avait guère de différence avec de la gelée chaude et gluante, identique à une salade de roquette et à des betteraves régurgitées.

Pendant que nous tentions d'avaler ce déjeuner immonde, le chef est venu à notre table, accompagné d'un photographe. Il a passé ses bras autour de nous et a souri pour la postérité. « Gare à toi, diabète ! prévenait-il d'un air idiot. Voici la compote ! » Ou bien : « Je crois que je vois un saumon bourré d'oméga 3 remonter le courant. Prochain arrêt, le développement cérébral. » Il ne se rendait pas compte que nous détestions ses plats et, par ricochet, que nous le détestions lui. Nous étions furieux d'avoir gâché notre journée. Notre notion du déjeuner venait de changer radicalement.

Même si nous avions aimé sa cuisine – ce qui n'étais pas le cas –, l'école n'aurait pas dû nous l'imposer ainsi. Il aurait été préférable de procéder par étapes. Pour commencer, ils auraient pu, par exemple, poser un peu d'aneth sur une pizza. Je comprends qu'ils aient cru bien faire en nous offrant des menus équilibrés, mais ils étaient tellement fiers d'avoir un chef qu'ils n'ont pas songé un instant à nos envies.

Les adultes sont persuadés que, lorsqu'ils ont une idée brillante, elle sera automatiquement partagée par les enfants. C'est oublier que ces derniers fonctionnent autrement. Tandis que les vieux ont tendance à se conformer à l'opinion générale – plus vous vivez avec les autres, moins vous pensez par vous-même –, les jeunes ont encore l'esprit frais. Ils raisonnent normalement.

Voilà pourquoi j'accorde 256 étoiles sur 2000 à l'école primaire Robert Frost et au programme « Une alimentation saine pour des corps sains ».

Biologix *vs* le festival de rue de San Gennaro

Hier soir, maman et moi avons mangé dans deux endroits très différents : d'abord dans un restaurant bio, puis au stand d'un festival de rue. Malgré de nombreuses différences, chaque endroit m'a permis de jeter un regard neuf sur l'autre. Voilà pourquoi je les ai réunis.

En premier lieu, nous nous sommes rendus dans un établissement baptisé Biologix : un restaurant bio et végétalien qui s'apparente à une sorte de cabinet médical pour dîneurs. La pancarte à l'extérieur, sous l'enseigne Biologix, signale qu'ils « aident la Terre à grandir ». C'est n'importe quoi, vu que la planète ne grandit pas ; je le sais depuis longtemps et je n'ai que neuf ans.

Le menu est accompagné d'un livret intitulé *La Bible Bio*. J'imagine qu'ils se sont inspirés de l'histoire de Jésus et de Dieu, mais le livret ne comporte que quelques pages. Pendant que maman faisait semblant d'être plongée dedans, moi, je le lisais vraiment.

La Bible Bio se contente de vanter les mérites de Biologix à coups d'arguments pompeux du genre : « Grâce à sa gamme de produits authentiques, Biologix laisse une empreinte quasi imperceptible sur l'épiderme délicat de mère Nature. » L'authenticité est peut-être une bonne chose, mais l'expression « épiderme délicat de mère Nature », en plus d'être ridicule, paraît avoir été rédigée par un enfant inadapté.

Maman a feint d'apprécier les aliments, même si son assiette se résumait à un tas d'affreux légumes crus. Elle s'est appliquée à manger normalement et, lorsque le serveur est venu nous demander si tout allait bien, elle a souri : « J'aime beaucoup la sauce. Qu'est-ce donc ?

— De l'aloès, a répondu le serveur.

— J'en étais sûre ! C'est ce qu'on utilise à la maison.

— Oui, cette plante facilite le transit et réchauffe l'aura. »

J'ai bien vu que maman ne savait pas de quoi il parlait, parce qu'elle a aussitôt ajouté : « Il me semble avoir aussi lu un article sur les vertus anticancéreuses. »

L'employé s'est contenté de hocher la tête. La réflexion de maman n'appelait pas de réponse. Il nous a ensuite demandé ce que nous désirions pour le dessert.

« J'aimerais voir la carte », a menti maman.

Ils n'en avaient pas mais, ce soir-là, ils proposaient des pommes.

Maman a laissé échapper un petit rire. « Juste des pommes ? »

Le serveur nous a expliqué à quel point ces fruits étaient spéciaux, qu'ils venaient de l'autre bout du pays. Il avait l'air tellement fier de ses pommes que je m'en suis voulu de rire. Maman, en revanche, s'est esclaffée sans remords. « Très bien. Alors nous prendrons l'addition. »

C'est une différence entre maman et moi : je culpabilise, pas elle.

Dès que nous sommes sortis du restaurant, maman s'est exclamée : « Qu'on m'apporte un hamburger ! » Je ne savais pas si elle s'adressait à moi. Je n'ai pas le droit d'aller acheter à manger seul.

Tandis que nous marchions pour récupérer la voiture, nous sommes passés par le festival de rue de San Gennaro. Selon maman, les Italiens organisaient cette fête à l'extérieur pour que « ce soit la ville qui fasse le ménage à la fin ».

Les odeurs de cuisine étaient d'autant plus appétissantes que nous sortions de Biologix, qui sentait la salle de bains récurée. J'ai demandé à maman si nous pouvions prendre quelque chose à un stand, mais elle a affirmé que les spécialités du festival étaient immondes. « Pas plus que celles de Biologix, ai-je répliqué.

— Oui, sauf que les légumes ne nous tueront pas. »

J'ai insisté auprès de maman pour avoir des zeppoles. Ce sont des boules de pâte saupoudrées de sucre. Tout à fait le genre d'entremets délicieux au moment où on le goûte et légèrement écœurant après. Je suppose que c'est la raison pour laquelle le festival de San Gennaro n'a lieu qu'une fois par an.

Maman a refusé de m'acheter des zeppoles, mais elle a estimé que « nous avions bien mérité des cannoli ». Quand j'ai demandé pourquoi, elle a décrété : « Après avoir mangé de l'aloès, j'ai au moins droit à un steak et un gâteau d'anniversaire. » Étrange de constater que, dans l'esprit maternel, un mauvais repas équivaut à une séance de travail intensif.

Au cours de notre quête gastronomique, nous sommes passés devant quatre stands. Les trois premiers avaient chacun leur écriteau.

Le premier certifiait vendre LES MEILLEURS CANNOLI DE LA VILLE.

Le second affirmait que ses pâtisseries étaient confectionnées selon LA PLUS VIEILLE RECETTE DE CANNOLI.

Quant au troisième, il prétendait carrément avoir LES MEILLEURS CANNOLI DU MONDE.

Le dernier stand se contentait de présenter sa marchandise derrière une vitre : des cannoli identiques aux autres cannoli.

Maman m'a questionné à voix basse et sur un ton solennel : « Allons-y, mon petit. Lequel choisis-tu ? » J'avais l'impression de subir un test crucial. J'ai répondu qu'à mon avis il n'y avait pas de différence entre les échoppes, mais maman a soutenu que nous devions trouver celle qui éclipserait la concurrence.

Excepté les écriteaux, nous n'avions aucun moyen d'établir une hiérarchie. Au terme d'une âpre réflexion, j'ai conclu que chaque slogan était destiné à une clientèle particulière et qu'il fallait donc étudier les candidats à la dégustation pour en savoir plus. Quelqu'un qui aimait New York opterait sûrement pour LES MEILLEURS CANNOLI DE LA VILLE. Une vieille personne ou un fin gourmet préférerait sans doute LA PLUS VIEILLE RECETTE.

Pour ma part, j'ai jeté mon dévolu sur le stand dénué de pancarte. Son manque d'apprêt me paraissait plus fiable que les vantardises de ses voisins, et puis c'était celui que je préférais. D'une certaine manière, les écriteaux tapageurs me rappelaient ce que je n'aimais pas chez Biologix : plus ils tentaient de convaincre les gens de leurs qualités, moins j'avais envie de les croire.

« Je veux aller chez celui qui n'a pas de pancarte », ai-je demandé. Mais maman a choisi le stand qui se félicitait d'être le MEILLEUR DU MONDE. J'ai pris deux cannoli.

Quand j'ai voulu savoir pourquoi elle avait élu ce stand, elle a simplement répliqué : « Ils font les meilleurs cannoli du monde ! Cela signifie que tu ne trouveras pas mieux, où que tu ailles. Les meilleurs du monde ! Imagine un peu ! »

Je n'ai rien imaginé. Et je crois que Maman avait tort. Ce n'est pas parce qu'on soutient quelque chose que c'est vrai. Et plus on le soutient, plus on devient suspect. Voilà pourquoi j'accorde 147 étoiles sur 2000 à Biologix et 162 au stand du festival de rue de San Gennaro qui prétend avoir LES MEILLEURS CANNOLI DU MONDE.

Thanksgiving avec les véganes

Maman et moi nous sommes rendus chez des véganes pour Thanksgiving. J'avais l'impression d'aller à l'église. Maman m'a expliqué que les véganes sont « des gens qui ne mangent pas de viande ni de fromage, et qui ne se rasent pas ». Comme elle n'aime pas cuisiner, nous sommes allés chez nos voisins.

Avant, j'adorais les vacances de novembre parce que nous allions tous chez les parents de papa. Je m'amusais à dévaler avec lui l'immense colline derrière la maison, pendant que mémé cuisinait avec maman.

Et puis papa a quitté maman pour une autre femme, ce qui fait que maman m'a interdit de parler aux parents de papa. J'ai trouvé cette décision injuste car j'avais une relation privilégiée avec eux.

J'adorais aussi Thanksgiving à cause des repas. Mémé préparait une énorme dinde fourrée baignant dans son jus. Tout le monde s'extasiait lorsque pépé découpait la volaille. Il semblait posséder un talent dont le reste d'entre nous étions dépourvus.

Mais nos voisins, les véganes, ne mangent pas de dinde. Ils ne mettent pas de pâte de guimauve sur leurs patates douces parce que, d'après eux, cette gomme est fabriquée à partir de sabots de chevaux. Je ne le savais pas. J'espère que ce n'est pas vrai.

Ils ont placé deux clichés de dindes sur la table, avec leurs noms dessus : la première s'appelle Mable, la seconde Todd. D'habitude, personne ne prend des volailles en photo, et encore moins en mentionnant leur identité. Cette pratique m'a paru étrange. « Todd » m'évoque le prénom d'un enfant qui demanderait davantage de devoirs à sa maîtresse.

On avait étiqueté tous les aliments avec des cartons en forme de dinde. Je les ai lus attentivement de façon à éviter d'y goûter à nouveau lors des prochains Thanksgivings.

Les plats principaux consistaient en un « cake aux lentilles et champignons farci aux pommes de terre fondantes » et du « tofu au sirop d'érable », tandis que les accompagnements se composaient de « pommes de terre rattes aux épinards, certifiés sans gluten » et d'une « écrasée de patates douces à la sauce aux huîtres et aux herbes » (sans guimauve).

Quand j'ai vu ces noms bizarres, papa m'a manqué. Peut-être que maman a également éprouvé une certaine nostalgie, même si elle persiste à dire qu'elle le déteste. Parfois, les gens que l'on déteste nous manquent pendant les vacances.

Avant de commencer à manger, nous avons dû prononcer les bénédicités. Nous faisions la même chose chez pépé et mémé, mais la cérémonie se transformait toujours en plaisanterie. Pépé ne pouvait pas s'empêcher d'être sarcastique : « Merci Seigneur de ne pas avoir laissé grand-mère brûler la dinde comme l'année dernière. » Mémé renchérissait : « Merci d'avoir fait tomber les dents de grand-père. De cette manière, il ne pourra manger que les patates. »

Les véganes étaient plus sérieux. Ils parlaient de famille et de communion. Maman a levé les yeux à mon intention et j'ai fait pareil. J'aime bien ce type d'échange muet car j'ai l'impression de partager un secret avec quelqu'un.

La maîtresse de maison s'est félicitée d'atteindre une « conscience éclairée » et a souligné l'importance de « garder une place dans notre cœur pour les dindes comme Marble et Todd en ce jour funeste ». Elle a affirmé que les gallinacés étaient « de belles créatures intelligentes, sensibles à la musique et à la danse ». J'ai trouvé cette dernière réflexion un peu insolite et probablement fausse. Elle a poursuivi son discours en détaillant les conditions d'élevage et d'abattage : les volailles étaient rassemblées dans des cages si petites qu'elles ne pouvaient se tourner. Pour éviter qu'elles ne se blessent, on leur coupait le bec ainsi que les griffes avec une lame chauffée à blanc. Ensuite, on les faisait bouillir vivantes afin de les déplumer. Je me suis imaginé dans une geôle si minuscule qu'il m'était impossible de bouger, puis on me coupait les orteils et on me jetait dans l'eau bouillante. Quand on se met à la place de l'autre, cela s'appelle l'empathie. Maman dit que j'en ai trop.

La plaidoirie de notre hôtesse m'a semblé d'autant plus incongrue qu'elle l'adressait à des gens qui se préparaient à manger du tofu. J'ai eu l'impression qu'elle essayait de me vendre du sable dans le désert.

Mais si l'on y réfléchit bien, les véganes ne sont pas si étranges. Ceux qui dégustent des volatiles le sont bien plus. Nous serions dégoûtés de devoir tuer un oiseau de nos propres mains, de le décapiter et de le remplir de croûtons et de céleri avant de le mettre au four, alors que nous trouvons parfaitement normal d'aller acheter la marchandise au supermarché. Manger de la dinde est donc un peu hypocrite. Je ne sais plus quoi penser.

Je suis triste de la façon dont on tue ces animaux, mais je suis aussi triste de ne plus pouvoir parler à mes grands-parents, avec qui je passais les fêtes, sous prétexte que papa est tombé amoureux d'une autre femme. Il y a tellement d'occasions d'être malheureux en ce monde qu'un repas autour d'une dinde, avec les gens que l'on aime, devrait être un motif de satisfaction. Peut-être que la dinde serait heureuse de contribuer à ce moment d'harmonie. Je ne le pense pas, mais sait-on jamais.

Et si elle apprécie la musique et la danse, elle serait sans doute contente de savoir que je me suis amusé à rouler à flanc de colline avec papa, avant de la manger. Encore une fois, je ne le pense pas, mais sait-on jamais.

Il est possible que certaines choses soient encore un peu difficiles à comprendre pour mon âge. Je ne le pense pas, mais sait-on jamais. Voilà pourquoi j'accorde 1000 étoiles sur 2000 au Thanksgiving végane.

Chez Matthew

Je suis allé dîner chez Matthew hier. Maman prétend qu'il habite un foyer déshérité parce que ses parents sont séparés. Quand j'ai demandé si moi aussi je vivais dans un tel foyer, vu que maman est divorcée, elle a répondu non. Alors j'ai voulu savoir quelle était la différence entre eux et nous. « Nous avons de l'argent, a répliqué maman. La mère de ton ami, elle, n'a plus que la colère et la stérilité. »

Je crois que maman n'aime pas la mère de Matthew. Elle la surnomme la « catin avec un nez mal refait ». Moi, je l'appelle juste Paula, parce qu'une fois je l'ai appelée Mme Fisher et elle a dit « appelle-moi Paula ».

Il me semble également que maman n'aime pas Matthew. Elle fait toujours des plaisanteries du genre : « Dans quelques années, vous finirez bien par vous promettre fidélité. » Une réflexion étrange, car c'est plutôt maman qui ne tient jamais ses promesses et qui ment tout le temps. Chaque fois qu'elle doit rencontrer une de ses amies, elle me fournit la liste des sujets délicats, par exemple : « Carole croit que j'ai un frère hospitalisé à Cleveland », ou « Denise n'est pas au courant du divorce. Elle est persuadée que papa est mort, ne te trompe pas ».

Maman a raison quand elle dit que Matthew et sa mère n'ont pas d'argent. Ils ne vivent même pas dans une vraie maison, mais dans un vieil immeuble, petit édifice bizarre adossé à des bâtiments similaires. Matthew appelle ça « le quartier », tandis que ma mère préfère dire « le ghetto ». Quand j'ai demandé à maman la signification de ce terme, elle m'a conseillé de me renseigner auprès d'Esméralda, notre femme de ménage du jeudi.

Matthew et sa mère n'ont pas de voiture non plus. Selon maman, Paula obtient qu'on l'emmène au travail en échange de la veuve poignet. J'ai voulu savoir ce qu'était une veuve poignet et maman m'a encore conseillé de demander à Esméralda.

« Lavez-vous les pattes avant de manger », nous a dit Paula. Matthew a rugi comme un lion et ils ont ri de concert. Je voulais leur demander de quoi ils parlaient mais j'ai craint d'être maladroit.

J'ai apprécié le dîner, même si maman qualifie les plats de Paula « d'entre-deux ». Selon elle, un entre-deux est un repas qui n'est ni trop onéreux, ni trop modeste. Elle affirme que nous ne devrions pas manger d'entre-deux. Quand nous dînons ensemble, soit nous choisissons un restaurant luxueux, soit nous allons au moins cher, comme la fois où maman a sorti une boîte de haricots du placard et un bonbon à la menthe de son sac. La nourriture bon marché nous permet d'aller plus souvent dans les endroits chics, assure-t-elle. L'entre-deux est un gâchis.

Bien que Paula ait effectivement préparé un entre-deux, le repas était très bon. L'entrée consistait en une salade basique composée de feuilles de laitue, de quartiers de mandarines et de canneberges. J'ai trouvé ce mélange succulent. Paula a affirmé qu'avec ça nous aurions tous les fruits et les légumes nécessaires pour la journée. Cette réflexion m'a rappelé que je ne prends pas assez de fruits et de légumes. J'oublie même que c'est recommandé.

En guise de plat de résistance, Paula avait fait une quiche : une tarte, en plus sérieux. Les épinards, les œufs, le fromage, tout était si bon que j'ai demandé une seconde assiette. Maman insiste pour que cela ne devienne pas une habitude chez moi. Le haut de la quiche était tellement moelleux qu'il fondait dans ma bouche, les côtés croustillants comme un cookie. Le fromage et les épinards se mariaient à la perfection avec les œufs mousseux. Vous allez peut-être me trouver bizarre, mais j'ai préféré la quiche à une véritable tarte, qui est pourtant le plat favori de la plupart des gens.

Quand j'ai félicité Paula pour ce régal, elle m'a répondu avec une étrange voix de pirate : « Fi donc, mon gaillard ! En voilà un qui sait flatter le jupon ! »

Son allusion m'échappait, alors j'ai répliqué : « Ne vous inquiétez pas. Je ne vous prends pas pour un jupon. »

Matthew et Paula ont échangé un regard en coin avant d'éclater de rire (à mes dépens, je suppose).

Quelques minutes plus tard, Matthew a renversé un peu de soda sur la table. Paula a repris sa voix de pirate : « Peste, compagnon ! Tu iras à fond de cale ! »

Et Matthew de répondre à l'identique : « Tudieu ! Juste quand la fringale me tenaillait.

— Alors, tu ferais mieux d'apporter un torchon pour briquer le pont. »

Matthew a encore répondu avec une voix de pirate et ils se sont mis à discuter et à rire.

J'ai songé à participer, mais j'avais peur de ne pas arriver à parler comme eux. En plus, je ne comprenais pas s'ils s'amusaient de leur propre accent ou des répliques qui s'enchaînaient. Je craignais, même en prenant l'intonation adéquate, de ne pas dire la bonne phrase ou de passer pour un idiot.

Matthew était mon meilleur ami, pourtant je l'entendais prendre cette voix pour la première fois. Il lui arrivait parfois à l'école d'imiter avec brio une riche femme du Sud. Il feignait de s'éventer avec la main en soupirant : « Ce gentleman m'a vu sans mon maquillage, à présent j'ai des vapeurs ! » Mortel !

Et maintenant qu'il plaisantait avec sa mère à la manière d'un flibustier, j'avais l'impression d'être la cinquième roue du carrosse : une expression que j'ai récemment apprise de la bouche de maman.

Quand papa l'a quittée, elle n'a plus voulu sortir avec ses amies mariées, parce qu'elle se sentait comme « la cinquième roue du carrosse ». Je lui ai demandé ce qu'elle entendait par là et elle a répondu que la cinquième roue était quelqu'un que personne n'aime. Elle paraissait très triste, alors le lendemain matin, pendant qu'elle dormait encore, je suis allé prendre mon ancienne voiture à pédales au garage et l'ai montée dans la chambre. J'ai posé une petite pancarte sur le siège, où j'avais écrit : *Tu es peut-être une cinquième roue, mais moi, je t'aime.* Lorsque maman s'est réveillée, elle m'a appelé. Elle pleurait. Elle m'a serré fort dans les bras en me disant que j'étais son petit ange, mais que je devais rapporter la voiture au garage parce qu'elle salissait la moquette.

Typique de maman. Elle ne peut s'empêcher de contrebalancer une parole gentille par un reproche ou un cri juste après. Du coup, au lieu de dire « tu es mon petit ange », elle dit « tu es mon petit ange, mais sors la voiture de la chambre ». Certes, je n'aime pas recevoir des réprimandes, mais il y a un côté plaisant parce que ce comportement n'appartient qu'à elle. Je crois que c'est la même chose pour Matthew et Paula. Chaque relation possède un schéma particulier, un schéma qui l'emporte sur son contenu. Les voix de pirates surpassent ainsi les dialogues entre la mère et son fils.

Même une personne horrible comme maman peut devenir agréable quand on sait comment elle fonctionne. Paula est normale, elle ne crie pas, ne balance pas d'insultes, mais ce n'est pas ma mère. Bien connaître quelqu'un est parfois plus important que l'aimer. Voilà pourquoi j'accorde 219 étoiles sur 2 000 au foyer de Matthew.

Méli-Mélo à Gogo et un ami peu fiable

Hier, Matthew et moi sommes allés à Méli-Mélo à Gogo, un drôle de nom qui désigne simplement un endroit où l'on vous vend des hamburgers dégoûtants à faire soi-même.

Nous étions censés y voir un type nommé Lyle, que Matthew avait rencontré sur Internet. Lyle lui avait donné rendez-vous à trois heures, mais mon ami avait insisté pour que nous soyons en avance. « Question de politesse », avait-il allégué. Lyle nous avait demandé de venir seuls, sans nos parents. Comme maman m'encourageait à « faire mes propres expériences », l'idée n'avait pas posé de difficultés. En revanche, Matthew avait été obligé de mentir à sa mère. Il lui avait raconté que vous restions en permanence pour préparer un exposé de biologie.

Dès la fin des cours, Matthew m'a empoigné le bras, puis nous sommes sortis par le portail de derrière. Nous avons délaissé le bus pour nous diriger à pied vers Méli-Mélo. Durant tout le trajet, il n'a cessé de parler de Lyle. Ils avaient sympathisé sur un forum consacré au groupe Serial 17 : quatre beaux gosses qui chantaient sur du play-back. Maman m'avait expliqué qu'il ne s'agissait pas d'un véritable groupe, étant donné que leur projet musical se résumait à « stimuler le rythme cardiaque des grosses filles et des pédérastes ».

Enfin bref, Lyle était le président du fan club de Serial 17. Il avait commencé à correspondre avec Matthew après que celui-ci avait posté une photo de lui pendant un concert. Matthew ne tarissait pas d'éloges sur son nouvel ami. Lyle était « tellement spirituel », « tellement mature ». Il connaissait toutes les paroles des chansons de Serial. J'avais envie de lui répondre que c'était facile, puisque tous leurs tubes se ressemblaient, mais comme je ne voulais pas lui faire de peine, j'ai juste dit : « Cool. »

Matthew n'avait jamais rencontré son interlocuteur en chair et en os. J'étais content qu'il m'emmène à leur premier rendez-vous, mais aussi un peu agacé par la vénération qu'il lui portait. Ça peut paraître bizarre, mais plus Matthew me vantait les mérites de Lyle, moins j'aimais ce type.

Je savais pourquoi mon copain l'appréciait : les amitiés sont faciles à lier sur Internet. Mais quand on fréquente quelqu'un dans la vraie vie, on voit ses défauts. Ainsi, Matthew faisait craquer ses doigts, ce qui avait le don de m'énerver. Si Lyle le voyait malmener ses articulations, peut-être qu'il n'éprouverait aucune sympathie pour lui. En revanche, moi qui connais sa manie, je l'aime quand même. Ce qui prouve l'authenticité de notre relation.

Nous sommes arrivés à Méli-Mélo à trois heures pile. Matthew semblait un peu contrarié que j'aie marché lentement. « Tu n'as pas l'air très en forme », a-t-il constaté. Puis il a regardé autour de lui. Dans la salle, aucun garçon assis tout seul. Nous avons donc pris une table près de la fenêtre et l'attente a commencé.

Matthew était visiblement nerveux. « Tu veux que je nous prépare des hamburgers ? » ai-je proposé pour détendre l'atmosphère. Il s'est aussitôt renfrogné : « De quoi ça aurait l'air, si Lyle se pointait ? »

J'étais en train de réfléchir à la question quand on a entendu les sirènes de police. Quatre véhicules se sont arrêtés sur le parking. Matthew a plongé sous la table. « Ma mère a compris que je n'étais pas à l'école. »

Mais les agents étaient occupés à plaquer un homme au sol et à lui passer les menottes. Cette vision avait quelque chose d'incongru. Quand on voit une arrestation à la télévision, le bandit se débat, hurle. Là, sur le parking, l'homme restait calmement allongé, comme s'il s'attendait à ce qu'on l'interpelle.

Matthew a recommencé à faire craquer ses articulations. D'une façon étrange, le bruit m'a rassuré.

C'est alors que l'événement le plus surprenant de cette journée s'est produit : les policiers ont relevé l'homme menotté et celui-ci s'est tourné vers le restaurant.

Lorsqu'il nous a vus à travers la vitre, il nous a adressé un sourire à faire froid dans le dos. Cet énergumène était vraiment flippant. Il portait un baggy et un sweat-shirt tachés. On aurait dit qu'il n'avait pas changé de vêtements depuis une éternité, ou qu'il s'en servait comme serviette de table.

« C'est la dernière fois que je viens ici, ai-je chuchoté à Matthew.

— J'ai hâte de raconter cette histoire à Lyle », a-t-il embrayé sur le même ton.

Après le départ des forces de l'ordre, Matthew et moi nous sommes préparé des hamburgers et avons continué à guetter Lyle. En vain. J'étais soulagé, mais je ne voulais pas accentuer la déception de mon camarade. « Il a sûrement beaucoup de travail avec son fan club.

— Ouais. Je t'ai dit qu'il était président ? »

Je lui aurais bien rappelé qu'il me l'avait déjà expliqué un million de fois, mais je me suis borné à répondre : « Cool ! »

Il a regardé sa montre. « S'il n'est pas là dans un quart d'heure, on s'en va. »

Nous avons donc patienté, même si je devinais que Lyle ne viendrait plus.

J'ai bien aimé cette période d'attente, assis avec Matthew. Nous n'avions pas connu de moments aussi paisibles depuis longtemps. Finalement, peu m'importait que Matthew idolâtre Lyle. Les meilleurs amis du monde virtuels ne pourront jamais s'asseoir côte à côte en silence. C'est dans ces instants-là que j'apprécie le plus Matthew. Il fait craquer ses doigts et, en dépit de l'agacement que je peux éprouver, je me sens en prise avec le monde réel.

Voilà pourquoi j'accorde 1062 étoiles sur 2000 à Méli-Mélo à Gogo et 97 à Lyle.

Un bouillon d'écrevisses
et la nouvelle famille de papa

La semaine dernière, j'ai été voir papa à La Nouvelle-Orléans. D'après lui, la capitale de la Louisiane est l'endroit rêvé pour démontrer que les pauvres peuvent être plus heureux que les riches. Tous les jours, j'ai eu droit au même plat : bouillon d'écrevisses.

Le bouillon, c'est une marmite remplie d'eau avec de l'ail, du maïs et des patates, où l'on met un tas de créatures bizarres, croisements improbables de crevettes et d'araignées, pour les porter à ébullition. Ensuite, on les sort de l'eau, avant de leur ôter la tête et la queue pour ne garder que le corps. Déguster une infime portion de ces êtres caoutchouteux prend un temps infini.

Le bouillon d'écrevisses ressemble à la nouvelle vie de papa : beaucoup de travail pour peu de récompense.

Voici comment les choses se sont déroulées :

Lorsque papa nous a quittés, maman et moi, il a déménagé à La Nouvelle-Orléans dans l'intention de « se trouver ». J'ignorais ce que cela pouvait bien signifier, mais maman a précisé qu'en réalité il essayait juste de « trouver une femme plus belle, plus stupide, qui le plumerait en échange de l'illusion renouvelée de son potentiel attractif ».

Pourtant, la copine de papa, Izzy, n'est ni stupide ni plus belle que maman : d'abord elle a une coupe de garçonne et des dents bizarres, ensuite elle porte tout le temps des vêtements masculins, du genre grosses bottes sales et jeans élimés. Elle dirige une entreprise importante, chargée de construire des logements pour les pauvres qui ont perdu leur maison dans un ouragan. Lorsque papa s'est établi à La Nouvelle-Orléans, il a commencé à travailler pour Izzy en tant que bénévole sur les chantiers, puis il est tombé amoureux d'elle. Vu ses cheveux, ses dents et ses vêtements, c'est dur à imaginer. Je suppose qu'elle était plus facile à aimer que maman, qui lui criait tout le temps dessus. Maintenant, ils dirigent l'entreprise ensemble et s'occupent du fils d'Izzy, un horrible garçon de cinq ans du nom d'Edgar.

Izzy, de son côté, n'est sûrement pas tombée amoureuse de papa pour son argent. Ils vivent comme des sans-abri qui auraient un abri. Leur maison bat des records de mocheté. Elle est petite, les fondations pourrissent sur pied. Les mauvaises herbes et les pots de fleurs cassés envahissent le jardin à l'arrière. Je me demandais pourquoi ils vivaient ainsi, alors qu'ils s'occupaient précisément de construire des maisons.

À croire qu'ils se punissaient d'avoir été épargnés par les ouragans.

Voir papa installé dans sa nouvelle vie me procurait un sentiment étrange. Il semblait plus jeune et plus vieux à la fois. Sa barbe avait poussé, son visage était bronzé, ridé. Il paraissait plus calme, le corps animé par une sorte d'énergie intérieure. Je crois que je ne l'avais jamais vu sourire jusque-là. Cette manifestation de joie était d'autant plus déstabilisante qu'elle se dessinait sur des traits d'ordinaire austères. Quand il m'a serré contre lui, j'ai eu l'impression d'être pressé contre un étranger. Une étreinte puissante, interminable, comme s'il essayait de rattraper l'année où il n'avait pas pu me rendre visite ou me tenir dans ses bras. Je lui ai tapoté le dos pour mettre fin à l'embrassade, mais il s'est contenté de me tapoter le dos à son tour. Nous nous tapotions donc le dos, moi dans le but d'interrompre l'accolade, lui de la prolonger.

Izzy était occupée sur un chantier, mais elle serait de retour pour déjeuner, m'a-t-il assuré. Nous prendrions le repas dans le jardin. Bouillon d'écrevisses au menu (quelle surprise !).

Le fils d'Izzy, Edgar, est alors entré en courant dans la maison. On aurait dit un chien fou libéré de sa cage. Il avait cinq ans mais se comportait comme un gamin beaucoup plus jeune. Il était sale et évitait de regarder les gens dans les yeux. Un filet de morve coulait sans cesse de ses narines. Il lui arrivait parfois de sortir la langue pour essayer de le happer. Une vision répugnante.

J'aurais pu être jaloux de leurs rapports, mais quand j'ai vu comment papa réagissait en présence d'Edgar, j'ai eu de la peine pour le gosse. Il faisait comme si l'enfant n'existait pas, le laissant libre d'aller où il voulait, de se cogner aux meubles. Il ne nous a même pas présentés. Je me suis alors souvenu que papa était un peu comme ça quand il vivait avec nous, mais c'était mon père et je ne m'en rendais pas compte. On évalue parfois mieux la conduite des gens quand on les voit avec d'autres personnes.

Papa a voulu enlacer Izzy quand elle est entrée, mais elle a esquivé. « Désolée, je suis sale. » Elle s'est aussitôt rendue à la salle de bains. Nous avons entendu l'eau couler. Papa s'est tourné vers moi avec un sourire gêné. « C'est Izzy. »

Les trois repas se sont déroulés dans une ambiance similaire : Izzy et papa parlaient des pauvres dont ils reconstruisaient les maisons, s'attristaient des dégâts occasionnés par l'ouragan, tandis qu'Edgar brandissait des écrevisses mortes en guise de monstres belliqueux. Les adultes ignoraient son manège, ce qui expliquait peut-être son manque de sociabilité, mais ils ne faisaient pas davantage attention à moi. Je me sentais délaissé.

Papa ne s'est pas intéressé à moi ou à l'école et il s'est bien gardé d'évoquer maman. La seule chose qu'il trouvait à me dire, c'était « incroyable, non ? », dès que l'on en venait au nombre de gens qui s'étaient noyés dans les intempéries ou à la discrimination raciale par les services de l'État.

D'un côté, l'indifférence de papa m'énervait mais, de l'autre, je culpabilisais : il décrivait de tels drames que mon agacement paraissait puéril. J'admirais l'abnégation avec laquelle il rebâtissait les quartiers déshérités, seulement il éprouvait une telle compassion pour des gens qu'il ne connaissait pas que son absence de sentiments envers moi, son fils, avait quelque chose de révoltant.

Maman est un peu le contraire de papa. Elle a un comportement très égoïste. Les pauvres la laissent de marbre. Quand nous passons devant un clochard, dans la rue, elle se pince le nez comme si l'odeur l'incommodait. Sans compter qu'elle n'est pas gentille avec moi, mais au moins, en sa présence, ai-je la sensation d'exister.

Si j'étais un SDF de La Nouvelle-Orléans, j'aimerais plus papa que maman. Mais je ne suis qu'un gamin de la banlieue chic. Ce n'est pas ma faute.

Voilà pourquoi j'accorde 213 étoiles sur 2 000 aux bouillons d'écrevisses, à papa, à Izzy et à Edgar.

Musée d'histoire naturelle

Hier, avec ma classe, nous sommes partis en excursion au musée d'histoire naturelle : un endroit où l'on devrait apprendre l'histoire et où, en réalité, on ne fait que regarder des squelettes de dinosaures et manger. Étrange, d'ailleurs, d'avoir de l'appétit entre ces murs, parce que la vision de ces restes signifie non pas la disparition de spécimens précis, mais celle de tous les dinosaures. On a l'impression de visiter un cimetière où les défunts seraient exposés à l'air libre plutôt qu'enterrés, les os assemblés en une parodie d'existence.

Au lieu d'éprouver de la compassion pour l'espèce disparue ou de rester silencieux comme à un enterrement, les élèves passent leur temps à rigoler et à faire les imbéciles. Certes, les dinosaures étaient des créatures terrifiantes qui m'auraient dévoré si elles étaient vivantes, mais je ne peux m'empêcher de ressentir de la tristesse pour elles.

L'employée du musée nous a expliqué que les reptiles de l'ère secondaire se divisaient en trois catégories : les carnivores qui se nourrissaient de leurs congénères, les herbivores qui étaient plutôt sympas et évitaient de s'entretuer, et les omnivores qui faisaient feu de tout bois. Billy, un type de ma classe, pourrait être qualifié d'omnivore car il mange de tout. Littéralement. La semaine dernière, il a ingurgité un paquet de chewing-gums, emballage compris, avant de vomir et d'être dispensé de gym.

Les dinosaures étaient des êtres cruels : ils n'hésitaient pas à se battre entre eux, à se servir de leurs dents et de leurs griffes contre leur adversaire. Le Tyrannosaurus Rex était le plus méchant de tous. Il en avait l'apparence et son nom résonnait comme une menace. Il s'attaquait à tous les autres reptiles. Le plus gentil était sans doute l'apatosaure. Cette immense créature à la tête minuscule s'appliquait à demeurer sympa malgré la pression énorme de son environnement, où tout incitait à se montrer impitoyable.

Les élèves voulaient se prendre en photo devant les squelettes. Ils riaient, faisaient des grimaces à l'objectif dans une tentative d'imiter les sauriens. J'ai commencé à imaginer que les bêtes revenaient à la vie, qu'elles voyaient les enfants se moquer d'elles. Un sentiment de révolte s'est emparé de moi. J'ai demandé à l'employée si je pouvais aller aux toilettes. Elle a accepté et m'a donné rendez-vous à la cafétéria avec le reste de ma classe. D'habitude, il faut aller aux toilettes avec un copain, mais j'avais l'impression de ne plus avoir d'ami. J'y suis donc allé seul. Enfermé dans une cabine, j'ai attendu l'heure du déjeuner.

À la cafétéria, tout le monde s'est offert des nuggets en forme de dinosaures. Ce n'était rien d'autre que des morceaux de poulet normaux, mais dont les contours dessinaient des animaux. L'initiative m'a paru bizarre, d'abord parce que les dinosaures étaient morts, et ensuite parce que j'avais l'impression de me moquer une nouvelle fois d'eux en prenant des aliments qui ébauchaient leurs silhouettes. Je me suis donc contenté d'un sandwich à la confiture et au beurre de cacahouètes. Billy m'a traité de tantouze, c'est-à-dire d'homosexuel. J'avais envie de lui répondre que c'était lui, la tantouze, car il mangeait des bouts de dinosaures, mais je répugnais à employer cette insulte qui me paraissait cruelle. J'ai simplement baissé les yeux sur mon sandwich, l'appétit coupé. Si Billy était un dinosaure, il serait un tyrannosaure, tandis que moi, je serais sans doute un apatosaure. Je refuserais de lui faire du mal mais, en même temps, il me laisserait tranquille parce que les apatosaures sont beaucoup plus gros que les tyrannosaures.

Dans le bus, tous les élèves s'envoyaient des photos où ils fanfaronnaient à côté des squelettes. Mark Schwartz pinçait le nez d'un stégosaure, le doigt levé à deux centimètres de l'appareil. Madison Greenwood feignait de danser avec une jambe de tricératops. Même Matthew avait pris une photo, les bras écartés sous un ptérodactyle. D'habitude, il se comporte mieux et, s'il fait des bêtises, c'est juste pour s'intégrer. Je pense qu'il n'a pas encore trouvé quel dinosaure il veut être.

Chacun riait en voyant les clichés de ses camarades. J'ai commencé à me sentir exclu, comme si tout le monde s'esclaffait à une blague que je ne pouvais pas entendre ou que la classe refusait ma présence. J'aurais peut-être dû manger les nuggets en forme de dinosaures et me ridiculiser à côté des reptiles. L'expérience aurait été gênante et mesquine, mais j'aurais été accepté par les autres. Seconde option : j'aurais dû aller aux toilettes avec un copain. Ou alors éviter de m'y cacher en attendant le déjeuner.

Possible que les dinosaures aient été confrontés au même genre de dilemme. Ils n'avaient pas envie d'être féroces ou de s'entredévorer, mais y étaient plus ou moins contraints s'ils voulaient appartenir au groupe. Vu sous cet angle, nous ne sommes pas très différents des sauriens. Nous nous croyons supérieurs et plus intelligents parce que nous portons des vêtements et parlons un langage articulé, alors qu'au bout du compte nous essayons simplement de nous intégrer à la société, parfois au prix d'une attitude contestable.

Voilà pourquoi j'accorde 1 109 étoiles sur 2 000 au musée d'histoire naturelle.

L'âshram et maman

Ce week-end, maman m'a emmené dans un âshram : un endroit où vont les gens stressés, quand ils sont riches. Nous étions censés y rester tout le week-end, mais nous avons pris la poudre d'escampette au milieu de la première nuit. Cette fuite malpolie figure néanmoins parmi les aventures les plus excitantes que nous ayons vécues ensemble, maman et moi.

Dès notre arrivée, j'ai su que nous ne tiendrions pas tout le week-end. Un panneau, à l'entrée, prévenait les visiteurs : *Rejetez la vanité, abandonnez vos possessions, réapprenez à vivre*. Maman n'avait aucune intention d'obéir à l'une de ces injonctions. Nous avions passé toute la semaine à écumer les magasins, en quête d'une tenue de yoga sexy. Pour maman, il était hors de question de rejeter ou d'abandonner le moindre accessoire.

Je ne sais même pas pourquoi elle a voulu venir ici. Elle n'arrêtait pas de dire qu'elle avait besoin de « temps pour elle » ; une remarque d'autant plus étrange qu'elle n'a pas de travail et qu'elle boit toutes les nuits avant d'aller se coucher.

Elle a eu un sourire forcé, qui est à présent son unique expression de joie, et a attrapé notre valise : « Réveille-moi quand c'est fini. »

L'âshram était composé de plusieurs bâtiments ressemblant à de vieilles cabanes autour d'une immense piscine. Dans le premier bâtiment, la réception. La femme derrière le comptoir, quoique blanche, portait des dreadlocks. Maman s'est appliquée à dissimuler l'antipathie que lui inspirait l'employée, en particulier lorsque cette dernière a déclaré : « *Namaste* et bienvenue à la première étape de la voie de l'harmonie intérieure. Comme disait notre guide spirituel, Satchidananda, “la vérité est unique, les chemins nombreux”. Nous avons été élus deux années d'affilée meilleur âshram de la région des Northern Lakes par le magazine *Bien-être et Santé*. Bienvenue, *Namaste.* »

Malgré son besoin impérieux de fuir cet endroit, qu'elle considérait désormais comme une sorte de prison, maman s'est donc composé un sourire emprunté et a répliqué : « *Namaste*, merci. Nous avons réservé. »

La Blanche avec des dreadlocks a entrepris de nous décrire l'établissement et d'exposer le règlement intérieur, dont chaque consigne incarnait un cauchemar pour maman. D'abord il fallait se lever à six heures moins le quart pour procéder à un *satsang*, une réunion avec les autres participants. Maman a demandé si elle pouvait m'y envoyer. Je prendrais des notes et lui ferais un rapport. L'employée a précisé qu'il s'agissait d'une obligation – terme honni par maman – à laquelle nul ne pouvait déroger.

Ensuite, nous n'étions pas autorisés à utiliser les portables. Toutes nos possessions matérielles devaient être déposées dans un « Coffre de confiance », à savoir un petit placard situé derrière le comptoir. Maman a plaisanté : « coffre de confiance » était un oxymore, comme « mariage heureux ». Puis elle a éclaté d'un rire artificiel. La réceptionniste et moi nous sommes regardés jusqu'à ce qu'elle cesse.

Une fois calmée, maman a voulu savoir ce qui arriverait si on nous volait nos affaires.

« Vous seriez libérée de vos biens, a répondu la femme.

— Alors je crois que je vais les garder avec moi.

— Navrée de voir que vous en êtes encore esclave. »

Notre maison était située à l'arrière de l'âshram, près de la grande piscine. « Textile optionnel », avait précisé l'employée. Apparemment, tous les usagers choisissaient de s'y baigner nus. Maman et moi étions soumis à la vision de leurs parties intimes tandis qu'ils bavardaient, l'air de rien, autour du bassin.

J'étais choqué de voir tous ces hommes avec leurs pénis bizarres et ces femmes aux seins flasques. En temps normal, la présence de baigneurs en tenue d'Adam au bas de chez moi aurait déclenché l'amusement, mais là, pour une raison mystérieuse, j'avais l'impression de les surprendre dans leur salle de bains.

Nous sommes finalement parvenus à notre chambre. Une fois à l'intérieur, maman a posé sur moi de grands yeux, comme si nous venions de réchapper d'une guerre sanglante. J'avais envie de l'inciter à partir. Cet endroit était trop flippant. Elle pourrait très bien avoir du « temps pour elle » à la maison. Je ne la dérangerais pas, promis. Je ne lui demanderais plus rien si elle nous ramenait chez nous.

Mais elle a de nouveau eu son sourire forcé. « Yoga dans une heure. Ensuite, dîner. » Puis elle s'est éclipsée dans la salle de bains.

La séance de yoga avait lieu à l'extérieur, près de la piscine des pénis. Les participants étaient installés avec grand sérieux sur des tapis indiens humides de sueur et imprégnés d'une odeur de chien mouillé. Nous avons dû enlever nos chaussures. J'étais gêné. J'avais l'impression d'être malpoli.

Maman portait un body gris et un T-shirt rose trop petit qui laissait voir son nombril. Il me semble qu'elle se croyait sexy, mais ses vêtements faisaient ressortir son ventre et la grossissaient, alors qu'en réalité elle est plutôt menue.

Un homme aux allures de SDF avec une longue barbe s'est présenté en tant que professeur. Il était habillé d'un pantalon de survêtement orange et de colliers en guise de T-shirt. Quand il nous a expliqué que nous étions réunis pour nous recentrer sur nous-mêmes et réapprendre à vivre ainsi que des nouveaux-nés, j'ai failli éclater de rire. J'imaginais les adultes se tortiller comme des bébés sur les tapis moites. Il nous a ensuite invités à nous concentrer sur les aspects essentiels de notre existence, à nous affranchir de nos attaches matérielles. Nous devions accorder une importance particulière à nos relations avec le monde environnant, au flux d'énergie circulant entre nous.

Puis les gens se sont penchés, ont effectué diverses positions biscornues. Ils paraissaient savoir quoi faire, même maman. Pendant qu'ils étaient inclinés, les yeux fermés, je suis resté droit et j'ai regardé autour de moi. J'étais le seul enfant du groupe.

Il m'est alors apparu que maman ne désirait peut-être pas que je l'accompagne. Les autres pratiquants étaient venus sans leur progéniture. Possible que maman accepte ma présence uniquement à cause du divorce. Papa avait accepté de payer pour toutes les activités que je ferais avec ma mère. Était-ce la raison pour laquelle elle allait avec moi dans les restaurants chics, pour laquelle elle m'emmenait en vacances et à l'âshram ?

J'ai essayé d'écarter cette pensée odieuse de mon esprit, sans y parvenir tout à fait.

Le yogi SDF voulait que nous nous concentrions sur nos relations au monde mais, pour moi, ces relations se résumaient en majeure partie à celles que j'avais avec ma mère. J'ai commencé à me poser des questions sur l'authenticité de nos rapports.

Après la séance, nous nous sommes rassemblés dans le plus grand bâtiment pour manger. Les gens étaient trempés de la tête aux pieds, ils sentaient la transpiration. J'étais bien content d'avoir terminé ces exercices. La faim me tenaillait.

Pendant tout le dîner j'ai continué d'être tourmenté à l'idée que maman m'emmène simplement pour envoyer les factures à papa. Cette perspective s'imposait avec une obstination impossible à contrarier. Les mauvaises pensées durent toujours plus longtemps que les bonnes.

La nourriture était dégoûtante. Je n'ai rien contre les légumes, mais ceux qu'on nous servait à l'âshram étaient trop épicés, comme si les organisateurs avaient tenté de nous faire oublier que ce n'était pas de la viande.

La fourchette était une carotte en forme de couvert. Nous avons dû la manger à la fin du repas, pour qu'il ne reste rien. Le bol, lui, était composé d'algues, si bien que j'avais parfois l'impression d'avaler de l'eau de mer par accident. Certes, les poissons se nourrissent parfois d'algues parce que, sous l'eau, les options sont limitées. Mais nous autres, humains, connaissons d'autres plaisirs, tels que les gaufres et le raisin. J'étais tellement absorbé par mes réflexions que je ne me suis pas attardé sur la piètre qualité du repas.

Après dîner, maman et moi sommes retournés à la chambre plus ou moins en silence. Je crois que la maison nous manquait. Je ne lui ai pas parlé de mes angoisses. J'avais peur d'avoir raison. Et même si elle m'avait répondu qu'elle me gardait auprès d'elle par amour, je craignais de discerner une certaine hypocrisie dans ses propos. Maman raconte tout le temps des histoires et, à force, ses inventions deviennent patentes.

Dès que nous sommes entrés dans la chambre, maman s'est réjouie : « Super journée, hein ? » Mensonge. J'aurais tant voulu qu'elle dise la vérité. J'en avais les larmes aux yeux. Elle aurait pu avouer : « Le yoga était nul, les tapis puaient, j'ai trouvé la piscine des pénis obscène et la nourriture immonde. » Mais pour une raison mystérieuse, elle ressentait le besoin de travestir sa pensée. J'avais envie de répondre : « Non ! Je déteste être ici. J'ai passé une journée épouvantable. » Sans savoir pourquoi, j'ai menti à mon tour : « Ouais. J'adore cet endroit. » J'ignore encore pourquoi je me suis comporté ainsi. Je redoutais peut-être de me mettre à pleurer en étant sincère.

Nos échanges se sont arrêtés là. Nous nous sommes couchés. J'avais du mal à dormir car les sombres méditations refusaient de quitter mon esprit. La nuit revêt un aspect effrayant quand vous avez des soucis. Pendant la journée, d'autres choses vous accaparent : les gens, les activités. La nuit, en revanche, l'inquiétude devient omniprésente.

J'ai continué à me demander si ma vie était un leurre et si maman, qui était la personne avec qui j'avais le plus de rapports, m'aimait vraiment. À quoi pouvais-je me fier ? Matthew était mon ami, mais j'avais parfois l'impression qu'il jouait la comédie. J'aimais bien papa, seulement il avait changé depuis qu'il était parti. Une pensée effrayante s'insinuait en moi : et si je ne pouvais compter que sur moi-même ?

J'ai fini par m'endormir. Quand j'ai ouvert les yeux, une grosse cloche sonnait quelque part et maman était penchée au-dessus de mon lit, tout à fait réveillée. Ses cheveux désordonnés paraissaient trempés de sueur, elle semblait fébrile. « Il est six heures moins le quart. On peut aller à la réunion matinale, passer encore une journée à faire du yoga et à manger des fourchettes en carotte, ou bien se tirer d'ici. À toi de décider. »

Je n'ai pas eu besoin de dire quoi que ce soit. J'ai juste hoché la tête, soulagé. Maman m'a souri, également soulagée. Nous avons entassé nos affaires dans la valise avant de nous précipiter dehors.

Nous avons contourné la piscine des pénis, piétiné les tapis moites, et franchi la réception équipée de son coffre de confiance, pour nous retrouver sur le parking. Nous avons sauté dans la voiture. Maman a mis le contact. La femme aux dreadlocks est sortie de son bureau en courant : « Vous allez manquer le *satsang* !

— Je ne manque rien, croyez-moi, a crié maman par la vitre ouverte.

— Désolée que votre état spirituel ne vous permette pas de terminer le week-end.

— Allez vous faire foutre. » Maman a enfoncé la pédale d'accélérateur et nous sommes sortis du parking.

Malgré le juron, je ne pouvais pas m'arrêter de rire. Une réaction inhabituelle chez moi, car lorsque maman insulte quelqu'un, j'ai le sentiment d'avoir une sœur plutôt qu'une mère. Cette fois-là, pourtant, j'ai tellement ri que mes joues me faisaient mal. Peut-être à cause de l'heure matinale, peut-être parce que j'étais juste content de quitter l'âshram.

Le soleil s'est levé tandis que nous roulions en direction de la maison. J'ai regardé maman. Pour la première fois depuis le départ de papa, je l'ai trouvée heureuse. Elle laissait le vent fouetter ses cheveux humides alors que, d'habitude, elle déteste les courants d'air.

J'ai également ri en songeant qu'elle avait jadis été un enfant comme moi. Je n'avais encore jamais réfléchi à sa jeunesse. Était-elle une fillette enjouée ou bien triste ? En tout cas, elle n'avait sûrement pas imaginé un jour éprouver autant de déception.

« Pourquoi tu ris ?

— Parce que je pense à toi, quand tu étais enfant. »

Maman a souri. Je n'ai pas tout de suite reconnu son expression car il s'agissait d'un véritable sourire. Elle plissait les yeux, les joues légèrement rebondies. Son visage avait changé. Il semblait plus vieux mais aussi beaucoup plus beau.

« J'étais une fille plutôt jolie », a-t-elle dit. Elle avait les larmes aux yeux en dépit de son sourire, et moi aussi.

J'ai envisagé un bref instant de lui demander si elle me traînait partout avec elle pour obliger papa à payer, mais je connaissais déjà la réponse : elle m'emmenait parce qu'elle avait besoin de moi. Parce qu'une vie pénible à deux est préférable à une existence facile mais solitaire.

Voilà pourquoi j'accorde 27 étoiles sur 2000 à l'âshram et 1892 à maman.

2

FAMILLE

Ma petite sœur me confie ses problèmes au téléphone

MA SŒUR : Salut. T'es réveillé ?

MOI : Il est quatre heures du matin.

MA SŒUR : Ouais.

MOI : Tout va bien ?

MA SŒUR : Non.

MOI : Qu'est-ce qui se passe ?

MA SŒUR : Micah est un enfoiré.

MOI : Il t'a fait du mal ?

MA SŒUR : Quoi ? Non, c'est juste un enfoiré.

MOI : Ah bon. Alors on pourra en parler demain matin.

MA SŒUR : Tu pourrais arrêter d'être agressif ?

MOI : Je ne suis pas agressif. Que s'est-il passé ?

MA SŒUR : On était censés rester à la maison ce soir, parce que mercredi est notre soirée détente. On avait invité Jarred, un fumeur de joints du genre imbu de sa personne. Ils ont passé la nuit à raconter des blagues débiles. J'avais l'impression d'être invisible.

MOI : Tu veux que je lui parle ?

MA SŒUR : À qui ?
MOI : À Micah.
MA SŒUR : Hein ? Non ! Pourquoi ?
MOI : Je peux lui demander d'être plus sympa avec toi, par exemple.
MA SŒUR : Tu débloques ?
MOI : Je ne sais pas. Il est dans les parages ?
MA SŒUR : Ouais. Il dort. Un vrai petit ange.
MOI : Bon, alors tout va bien entre vous deux ?
MA SŒUR : Oui. Arrête ça !
MOI : D'accord. Je retourne me coucher.
MA SŒUR : Super !
MOI : Bonne nuit, ma puce.
MA SŒUR : Je t'aime. Rappelle-moi quand tu peux. Tu me manques.

MA SŒUR : Salut. T'es réveillé ?
MOI : Maintenant, oui.
MA SŒUR : Tu as acheté un cadeau pour l'anniversaire de maman ?
MOI : Un cadeau ?
MA SŒUR : Oui, un présent.
MOI : Ah, oui. J'en ai acheté un.
MA SŒUR : Hein ? Pourquoi ?
MOI : Parce que c'est son anniversaire. Bon, on ne peut pas parler de ça demain ?
MA SŒUR : Hors de question ! Papa est un enfoiré. Il essaie de me faire culpabiliser, genre : « Ta mère n'aura pas soixante ans tous les jours. Tu crois vraiment qu'elle a envie de se souvenir de cet

anniversaire comme de celui où elle n'a pas eu de cadeau ? »

Moi : Eh bien, pourquoi tu ne lui as rien pris ?

Ma sœur : J'ai été occupée, O.K. ? Tu peux arrêter d'être agressif ? Ce n'est vraiment pas le moment.

Moi : Je n'étais pas agressif.

Ma sœur : Tu lui as pris quoi ?

Moi : Une petite statue en forme de girafe, qui ressemble à celle qui lui avait plu chez l'antiquaire, à New Hope.

Ma sœur : Tu pourrais lui dire que c'est de notre part à tous les deux ?

Moi : Pas de problème. Tu veux qu'on partage ?

Ma sœur : Combien elle coûtait ?

Moi : Environ deux cents.

Silence.

Moi : D'accord. Je lui dirai que c'est de notre part.

Ma sœur : Merci. Rappelle-moi quand tu peux. J'ai l'impression qu'on ne parle jamais, toi et moi.

Ma sœur : Salut. T'es réveillé ?

Moi : Non.

Ma sœur : Situation d'urgence capitale !

Moi : O.K. Que se passe-t-il ?

Ma sœur : Je dois rendre vingt-cinq pages dans une heure. Le prof est un enfoiré.

Moi : Tu as besoin d'aide ?

Ma sœur : Tu connais quelque chose au séparatisme camerounais ?

Moi : Non.

MA SŒUR : Alors tu ne peux pas m'aider.

MOI : Bon. Je peux retourner dormir ?

MA SŒUR : Non ! Je suis angoissée.

MOI : Pourquoi ?

MA SŒUR : Les séparatistes veulent établir leur propre gouvernement dans le sud du pays. Les loyalistes refusent parce qu'ils perdraient le pétrole de la péninsule de Bakassi. C'est injuste !

MOI : Mmh, mmh.

MA SŒUR : Les loyalistes ont pourtant reconnu que ces ressources ne leur appartenaient pas. Je veux dire, O.K., les gars, mais commencez par quitter l'Ambazonie !

MOI : D'accord. Écoute, je suis vraiment fatigué.

MA SŒUR : C'est du néocolonialisme pur. Enfin, quoi : donnez-leur une souveraineté légitime ou vous aurez un autre Rwanda sur les bras !

MOI : Je n'en doute pas, mais j'ai une grosse journée, demain.

MA SŒUR : D'accord, super ! Va dormir !

MOI : Merci. Bonne chance pour ton exposé.

MA SŒUR : Pas besoin de ta condescendance.

MOI : Je ne suis pas condescendant… Allô ?

MA SŒUR : Salut. T'es réveillé ?

MOI : Tiens, ça faisait longtemps que je n'avais pas eu de tes nouvelles.

MA SŒUR : Je sais. Désolée.

MOI : Non, pas de problème. J'ai enfin pu dormir. Lol.

Ma sœur : Tu pourrais éviter de plaisanter maintenant ?

Moi : Excuse-moi.

Ma sœur : Je ne suis pas d'humeur.

Moi : Ah bon ? Pourquoi ?

Ma sœur : Je suis prise en otage par des loyalistes camerounais. Je t'appelle d'un portable.

Moi : Hein ?

Ma sœur : Ils ont lu mon exposé.

Moi : Tu es sérieuse ?

Ma sœur : Le premier ministre, Philémon Yunji Yang, est un enfoiré. Il soutient que je ne peux pas quitter le pays avant d'avoir retiré mes écrits. Et la liberté d'expression, alors ?

Moi : Oh bon sang. Je dois contacter l'ambassade ?

Ma sœur : Non ! Ils sont dans tous leurs états. Et ne dis rien à maman. Elle réagit toujours de manière excessive. Tu te souviens, quand j'étais végane ? Bonjour l'angoisse.

Moi : Tu risques beaucoup ?

Ma sœur : C'était genre : « Je mange ce que je veux, maman ! »

Moi : Oui. Mais est-ce que tu vas bien ?

Ma sœur : Arrête d'être agressif ! Oui, je vais bien. Je suis juste en colère.

Moi : Bon, alors on parlera de tout ça quand tu rentreras.

Ma sœur : Ouais. Tu viendras me chercher à l'aéroport JFK quand ils me relâcheront ?

Moi : Si j'ai le numéro de vol, pas de problème.

MA SOEUR : Et ne tourne pas autour du terminal. Gare-toi et viens m'accueillir.

MOI : O.K.

MA SŒUR : Merci. Je t'aime. Rappelle-moi quand tu peux !

Angoisse de la séparation en colonie de vacances

8 HEURES. Les petits campeurs débutent la journée par un appel à leur mère. Ceux qui ont mouillé leurs vêtements pourront changer de linge ou, s'ils le préfèrent, rester dans leur pyjama imbibé d'urine fétide et tiède. Le cas échéant, cette sensation rassurante leur rappellera leur foyer.

9 HEURES. Le petit déjeuner est servi dans le bâtiment principal, mais la plupart des enfants choisiront de s'en passer tant la perspective de la journée à venir est déprimante. Ceux qui optent quand même pour le repas auront des pancakes à leur nom, manière de leur rappeler leur foyer et, le cas échéant, de favoriser une indigestion.

10 H 30. Piscine. Les participants s'ébattront sept minutes dans l'eau du petit bain. Deux sauveteurs par nageur. Les enfants porteront des brassards au niveau des quatre membres ainsi qu'autour du cou. Après la baignade, ils auront la possibilité d'appeler

leur mère pour leur signifier qu'ils ne se sont pas noyés.
Si l'un des participants trouve la mort, sa mère recevra une notification des Titulaires du Brevet aux Fonctions d'Animateur, ou BAFA. Ceux-ci pourront ensuite contacter leur propre mère.

MIDI. Déjeuner. Les enfants prendront l'un des repas préparés à l'avance par leur mère. Ils sont encouragés à ne pas lire le petit mot ajouté à la nourriture avant d'avoir ingéré ladite nourriture. L'incertitude quant au contenu du message risque tout de même de leur donner quelques aigreurs d'estomac.
Après le déjeuner, les enfants auront le loisir de parcourir le mot de leurs parents. Si l'un des participants n'a pas reçu de message de sa mère, l'un des Titulaires du Brevet aux Fonctions d'Animateur, ou BAFA, en rédigera un, qu'il prétendra avoir retrouvé dans le réfrigérateur. Il fera de son mieux pour imiter l'écriture maternelle. Une copie conforme n'est pas garantie.

14 - 15 HEURES. Les participants se verront octroyer une heure de temps libre au cours de laquelle ils pourront explorer le camp, pagayer en kayak sur le lac Winooski tout proche, faire un feu ou écrire une carte postale à leur mère. Les appels téléphoniques au domicile familial sont aussi tolérés.

16 HEURES : Le temps libre se poursuit avec un nouveau coup de téléphone aux mamans. À ce stade

du séjour, le petit campeur demandera peut-être à parler également à son papa, quoique cette option demeure entièrement facultative. Dans le cas le plus probable, le père n'aura pas le temps de discuter avec son fils. Sinon, il monopolisera la conversation pour se plaindre de son travail stressant ou raconter les exploits sportifs de la sœur du participant en camp d'été. Si le petit campeur arrive à joindre son père, on lui allouera un bonus de vingt minutes pour faire le point avec sa mère. Les mouchoirs sont fournis par l'administration.

17 H 30. Les participants auront le choix entre plusieurs activités. Ils pourront par exemple présenter à leurs camarades un souvenir de chez eux. L'attention des jeunes spectateurs est susceptible d'être fluctuante étant donné qu'ils sont incapables de s'intéresser à la vie des autres en période de stress.
Les animateurs proposeront aussi un atelier artistique. Les enfants seront invités à dessiner leur famille. On constatera souvent que la mère, inconsciemment, sera beaucoup plus imposante que le père, dont le visage sera barré d'une croix tout aussi inconsciente.
La nouvelle animation de l'été a été baptisée « Le temps des lamentations ». On donne à chacun l'occasion d'analyser ses rapports filiaux et de pleurer sur la futilité de l'existence hors du cocon familial. Les participants pourront aussi aborder prématurément les angoisses liées à l'entrée à l'université.

19 HEURES. Le dîner sera servi dans le bâtiment principal. Comme la journée se termine, avançant d'autant la date du retour à la maison, les petits campeurs seront encouragés à satisfaire librement leur appétit. Ils pourront même, pour ceux qui le souhaitent, éprouver une brève joie, accompagnée du léger soulagement de s'apercevoir qu'il reste moins de temps à passer au camp que ce matin.

21 HEURES. Extinction des feux. Dans le cas où certains enfants voudraient rester debout toute la nuit et appeler leur maman, un téléphone est à leur disposition. Pour ceux qui sont en capacité de fermer l'œil mais font des cauchemars, un coup de fil au domicile familial est également recommandé. Il en va de même pour les enfants qui se réveillent avant leurs camarades. Celui qui réussira à dormir jusqu'au lendemain sans appeler sa mère sera raccompagné chez lui par un Titulaire du Brevet aux Fonctions d'Animateur, ou BAFA, afin de présenter ses excuses pour s'être montré froid et distant.
Les animateurs sont de la même trempe que les mères des participants.

Ma mère m'explique le ballet

Où tu étais ? Ça commence dans cinq minutes ! Je déteste laisser ton ticket à l'accueil. Tu ne peux pas être à l'heure, pour une fois ? Ce n'est pourtant pas compliqué, vu que tu n'as ni travail ni copine. Je doute que ta vie sociale médiocre ou ta non-implication dans les associations caritatives soit un frein à la ponctualité. Enfin, je suis contente que tu sois là. Embrasse-moi.

Comment tu trouves l'ouvreuse ? Elle est mignonne, non ? Un peu enrobée, peut-être, mais agréable. Un joli visage. C'est une jeune femme comme ça qu'il te faudrait. Elle te plaît ? Tu lui as adressé la parole ou bien tu t'es contenté de hocher la tête sans un mot, ainsi que tu le fais avec chaque fille qui n'est pas Sarah ? Bon, c'est vrai qu'elle est enrobée. Pas quelqu'un pour toi.

Ah, le rideau va se lever. Tu t'es renseigné sur ce ballet ? À cent vingt-cinq dollars la place, tu devrais t'être renseigné un minimum sur le spectacle. Le compositeur s'appelle Wagner, on prononce « Va-gue-nère ». C'était un nazi, mais avant Hitler. Bon, les lumières s'éteignent, coupe ton portable.

Regarde, l'héroïne est amoureuse de trois hommes, voilà pourquoi ils tiennent des roses. Elle court plusieurs lièvres à la fois, comme Sarah, lorsqu'elle prétend qu'elle n'a pas le temps de te voir alors que tu es venu jusqu'à Providence pour assister à sa remise de diplôme. Je suis sûre qu'elle a pu se libérer pour ce type, c'est quoi son nom, déjà ? Patrick. Ils sont toujours en couple ? Qui se ressemble s'assemble. Ce n'était pas une fille pour toi. Elle a apporté un gâteau aux amandes à la maison, après l'enterrement de ta grand-mère. Comme si un décès ne suffisait pas. J'ai failli avoir un choc anaphylactique aux funérailles de ma propre belle-mère. Je ne suis pas en train de te dire qui tu devrais fréquenter, ce ne sont pas mes affaires. Je respecte ton mode de vie, mais cette garce ne t'appréciait pas à ta juste valeur.

Prends exemple sur l'acteur, là. Observe sa posture. Oublie une seconde qu'il est noir et admire son corps. Les épaules en arrière, il respire la confiance. Toi, tu as toujours l'air de t'excuser. Personne ne te remarque quand tu entres dans une pièce. Cet acteur, tout le monde le regarde. Il ressemble à une publicité ambulante. Je ne suis jamais sortie avec un Noir. Ton père était si beau. J'en avais le souffle coupé. J'étais très progressiste quand j'étais à la fac.

Arrête de piquer du nez. Qu'est-ce que tu as fabriqué toute la journée pour être si fatigué ? Tu as chaud ? Tu sens la transpiration.

Regarde avec qui elle danse maintenant. *Quelle surprise* *[1] ! Tu vois ? Quand on se tient droit, les femmes ne résistent pas. Tout est dans l'impression que tu donnes. Si tu as confiance en tes capacités, les gens se tourneront vers toi. J'ai connu un gamin en chaise roulante, quand j'habitais à Elmhurst. Il n'hésitait pas à rire de lui-même. Il était tellement drôle que tout le monde l'aimait.

Maintenant, elle effectue ce qu'on appelle un *pas de chat* *. C'est du français. Nous nous souvenons tous les deux combien tu excellais dans cette matière, alors je ne vais pas te faire l'affront de traduire.

Oh, regarde ! Elle vient de tomber ! Quelle cruche ! Même moi, je ferais mieux. Le *pas de chat* *. Je t'ai déjà raconté que je dansais dans ma jeunesse ? J'aurais pu réussir si je n'étais pas tombée enceinte de ta sœur. Dieu que j'ai souffert de la mettre au monde. D'une certaine manière, je souffre encore. J'aurais pu imiter cette femme, sur scène. Les mouvements sont plus faciles qu'ils n'en ont l'air.

Ah, revoilà le Noir. Quelle prestance ! Un véritable adonis. Tu crois qu'il met quelque chose dans son pantalon ? Personne n'a un engin pareil, n'est-ce pas ? Je n'ai pas connu d'autre homme que ton père. Incroyable, hein ? Et noble, pour ainsi dire. Non que cette rigueur me vaille une auréole.

---

1. Tous les mots en italique suivis d'un astérisque sont en français dans le texte. (*N.d.T.*)

Est-ce que tu pourrais être attentif ? Tu ne tiens pas en place. Je comprends ton impatience. Moi aussi, j'ai eu ma période. Surtout quand j'ai dû attendre trente-six heures que tu daignes sortir d'entre mes jambes. Ce n'était pas exactement une partie de plaisir, je te prie de me croire. J'ai eu l'impression d'expulser une pastèque. Si j'avais connu ton tour de tête, j'aurais exigé une césarienne. Après coup, tu vois ?

D'accord, maintenant on nous demande de quitter la salle parce que je parle trop. L'ouvreuse nous raccompagne. Quand je pense que je la trouvais mignonne. Salut, ma puce ! D'après elle, je n'ai pas arrêté de te houspiller depuis le début du spectacle, ce qui dérange les habitués. De près, elle est tout de même jolie. Son cou pendouille un peu, mais qu'importe. Essaie d'obtenir son numéro.

Écoute, il va falloir que tu prennes le train. Je ne suis pas d'humeur à te ramener. La circulation est un cauchemar à cette heure-ci.

On se voit la semaine prochaine. Essaie d'être à l'heure. Cet abonnement est vraiment une riche idée. Allez, bisou, mon cœur. Je t'aime.

Un échange de mails avec ma première petite amie, détourné à un moment donné par ma sœur aînée, étudiante travaillant sur le génocide bosniaque

MOI : Salut, Amy. Je viens juste de rentrer des courses avec ma mère. Elle reste une éternité devant chaque rayon. J'ai cru que j'allais mourir. Je hais l'été.

AMY : Lol. C'est pour ça que j'ai arrêté d'accompagner ma mère. Toi aussi, tu commences à comprendre.

MOI : Comment s'est passé ton premier jour au stage de l'école de danse ?

AMY : *Bien**, merci de demander. Tu m'as manqué. J'aimerais que tu sois avec moi. On danserait ensemble tout le temps.

MOI : Ce serait chouette. J'ai hâte que tu reviennes dans le New Jersey. Je suis sûr que tu dois être une bombe, avec ta petite tenue… Comment ça s'appelle, déjà ?

AMY : Un tutu. Et puis ouais, je suis une bombe.

MOI : Comme toujours.

AMY : ;-)

MOI : J'ai tondu toute la pelouse. Pas juste celle de derrière, devant aussi. Tu vois ces arbres nuls que maman adore ? J'ai dû faire des huit tout autour parce qu'elle aime bien les dessins. L'angoisse. Je suis crevé.

AMY : J'allais oublier : on a super bien dansé aujourd'hui. J'ai été sélectionnée pour tenir le rôle principal dans *La Fin de l'été*. Il va falloir apprendre un tas de solos compliqués. Je vais devoir m'accrocher, mais c'est sympa, qu'est-ce que tu en penses ?

MOI : Cool ! Tu vas être splendide. J'aimerais trop te voir maintenant, mais la représentation est à la fin de l'été. D'où le nom du spectacle : *La Fin de l'été*.

AMY : Lol. Tu es tordant.

MOI : Et toi, tu es belle.

AMY : Alors nous formons le plus beau couple tordant de l'année.

MOI : Lol.

AMY : Je t'aime beaucoup.

MOI : Et moi, j'aimerais beaucoup... Oups, je veux dire, je t'aime beaucoup moi aussi.

AMY : Tu as fait quoi, aujourd'hui ?

MOI : Rien. Je me suis endormi. C'est bizarre parce que, d'habitude, ça ne m'arrive jamais. Je me suis réveillé à 14 h 30 et c'était genre : holà, je croyais qu'on était le matin. Et toi ?

AMY : On a eu notre première répétition avec les costumes. Le mien est magnifique. Il a des paillettes dans le dos, mais l'étoffe est souple. J'incarne une espèce d'oiseau, enfin un oiseau qui danse (étonnant, non ?). On a rencontré le costumier : l'homme le plus canon de la planète. Un Brésilien, je crois. Il était autrefois danseur. Ne sois pas jaloux. De l'avis général, il est homo. Je dois porter une jupe ultracourte et j'ai dit à Paolo (le costumier) qu'on voyait mes fesses. Il m'a répondu très sérieusement, avec un accent : « Vous devriez être fière d'avoir un aussi beau postérieur. » Si seulement il était hétéro ! Non, je plaisante. Tu me manques. On va au KFC avec Paolo et une partie de la troupe. Méga Menu du mardi au vendredi. (On est samedi. Étrange. Ils ont fait tous les jours de la semaine en une fois !)

MOI : Ta robe a l'air démente ! J'espère pouvoir admirer ce « beau postérieur » le jour du spectacle. De mon côté, j'ai eu une journée palpitante (dit-il avec sarcasme). J'ai aidé mon père au cabinet pendant environ dix minutes et j'ai cru que j'allais péter un câble. Alors je me suis faufilé à l'extérieur pendant qu'il était avec un patient. Maintenant, je suis à la maison. Je vais sans doute regarder un film débile ou autre chose… J'ai hâte de reprendre l'école (et je n'arrive pas à croire que j'écris ces mots).

AMY : Je viens de rentrer après dîner. Trop de sucre. Je ne vais pas arriver à dormir.

MOI : Ici, encore une journée assommante. Je voudrais hiberner comme les ours et me réveiller quand l'été se termine pour te revoir. Je deviens dingue, à la maison. Mes vieux sont tarés. Ils ne sont même pas capables de se disputer comme des parents normaux. Ils s'entendent tellement bien que ça m'énerve. Mais attention ! J'ai aussi une bonne nouvelle (roulement de tambour) : ma sœur Kendra rentre de la fac demain. Elle est géniale, je suis sûr qu'elle te plairait. Peut-être qu'on sortira tous ensemble ? Elle est méga intelligente. Elle me faisait tous mes devoirs d'histoire (ne dis rien à Mme Matthews). Pour son diplôme, elle a travaillé sur un sujet hallucinant, style génocide bosniaque ou je ne sais quoi. Terrible ! En tout cas, j'ai hâte de te la présenter.

AMY : Sympa. Moi aussi, j'ai une bonne nouvelle (second roulement de tambour, je vous prie) : Paolo n'est pas homo ! Lol. Heureusement que je n'ai rien parié. En tout cas, les répétitions se passent à merveille. Je travaille super dur. Mon corps transpire à grosses gouttes, mais je crois que je m'en sors bien. Au début, je pensais que la danse était un rêve de gamine. Maintenant, j'envisage d'en faire mon métier. C'est fou !

MOI : Fou, ouais. Comme si je jouais à la NBA ou je ne sais quoi. Lol. Je suis content pour toi.

AMY : Non, ce n'est pas pareil. Moi, je danse réellement, j'occupe le premier rôle dans un spectacle. Tu pourrais parler de la NBA si tu jouais déjà au basket. Si tu étais le meilleur de ton équipe et que tu étais grand.

MOI : Je dis juste que tu devrais finir les études d'abord. Pour peu que tu comptes arrêter l'école.

Et puis je suis un assez bon tireur au panier à trois points. Je jouais comme remplaçant, l'année dernière, et j'ai participé à quelques tournois. Inutile d'être un géant pour…

AMY : Je n'ai aucune intention d'abandonner l'école ! Je me contente juste d'explorer mes potentialités actuelles et il se trouve que je suis douée pour la danse. Désolée de te froisser.

MOI : Quoi ? Je ne suis pas froissé. Je dis juste qu'il est un peu tôt pour prévoir une carrière. Excuse-moi d'être pragmatique. Et je suis ravi de savoir que Paolo n'est pas homo. Vous allez pouvoir entamer une liaison. Mais sois prudente. On se sait jamais, avec ces fourbes de vieux Brésiliens.

AMY : Paolo a ton âge.

MOI : Hein ?

AMY : Eh oui.

MOI : Et ils le laissent fabriquer les costumes ?

AMY : Il est précoce. C'est un prodige.

MOI : Bizarre.

AMY : Comment ça, bizarre ?

MOI : Je ne sais pas. Bizarre.

AMY : J'ai plutôt l'impression que tu n'es pas très enthousiaste.

MOI : J'ai du mal à sauter de joie quand tu changes d'existence du jour au lendemain. Tu pourrais prévenir.

AMY : J'ignorais que j'avais des comptes à te rendre. Et je n'avais pas réalisé que nous étions liés pour la vie juste parce que nous sommes sortis deux fois ensemble au début de l'été. Mille excuses. Bon, je dois aller travailler. Et toi, tu vas faire quoi d'excitant ? Laver tes chaussettes ?

MOI : Je te signale que je me prépare à retrouver ma sœur. Elle est fantastique. Je suis sûr que nous allons nous éclater. Peut-être à la plage ou à une fête.

AMY : Amuse-toi bien. Moi aussi, je vais à une fête. Paolo nous a invités dans sa chambre.

MOI : Profites-en.

AMY : J'y songe, figure-toi.

MOI : Tu es une vraie garce.

AMY : Je crois qu'on devrait arrêter là.

MOI : Super ! Cela ne fera pas une grande différence.

AMY : Pour une fois, je te donne raison.

MOI : J'ai dit à ma sœur comment tu te comportais. Elle va t'écrire.

AMY : Très bien. Je n'ai rien fait de mal, alors je m'en moque.

KENDRA : Chère Amy, c'est Kendra. Ravie de te rencontrer par mails interposés. Mon frère m'a confié ses déboires. Je n'ai pas l'intention d'être intrusive, mais il me semble être en mesure de clarifier sa position et de jeter une lumière nouvelle sur la situation.

AMY : Salut Kendra. Ravie aussi ;-). Toute cette histoire m'a bouleversée. Merci de ton aide.

KENDRA : De rien. Je suis heureuse de partager mon expérience. J'aurais aimé qu'on le fasse pour moi quand j'avais ton âge. Je vais peut-être arriver à éclairer certains aspects complexes de votre relation. Ce cas de figure me rappelle un incident historique baptisé « l'accord de Karađorđevo ». Tu n'en as sans doute jamais entendu parler, alors laisse-moi te retracer le contexte.

En 1991, la Bosnie, la Serbie et la Croatie se préparent à entrer en guerre. La Bosnie, dirigée par le terne Alija Izetbegović, est la région la plus faible, celle destinée à être envahie. Le 25 mars 1991, les Serbes et les Croates se rencontrent en secret à Karađorđevo pour décider du découpage de la Bosnie. Eh oui, ils ont conspiré dans le dos de leur voisin pour se partager le terrain. Choquant ? Attends la suite.

Comme tu le sais, l'abominable Slobodan Milošević se trouvait à la tête de la Serbie. La Croatie, elle, était gouvernée par un individu moins féroce en comparaison, le président Franjo Tuđman. Les traîtres se sont mis d'accord pour balayer Izetbegović et expurger la Bosnie des musulmans, en conséquence de quoi ils ont entrepris une campagne de nettoyage ethnique. Si j'en juge par la correspondance que tu as entretenue avec mon frère au cours des semaines précédentes, votre situation présente des analogies troublantes avec l'accord de Karađorđevo.

Je vais résumer les points communs, au cas où ils t'auraient échappé.

Mon frère ressemble sans conteste au pauvre Izetbegović, relégué à l'arrière-plan tandis quc son destin est scellé par des accords secrets entre d'autres parties, à savoir toi et Paolo. Son tort ? Être absent. Le leader bosniaque demeure aussi isolé dans la bouillonnante vallée de Sarajevo que mon frère avec sa tondeuse dans la banlieue du New Jersey.

Je ne te compare pas à Milošević (je reviendrai sur son cas plus tard), je pense plutôt que ton comportement se rapproche de celui de l'homme fort (ou faible, en l'occurrence) de la Croatie, Franjo Tuđman. Peut-être était-il le dindon de la farce. Était-il méchant ? L'histoire le dira. Pour ma part, je nuancerais la chose. Il a certes été manipulé par Milošević, mais il n'appartenait pas pour autant au camp des innocents. Il a participé au complot contre la Bosnie. Qu'il ait été passif ou actif, il n'a rien fait pour aider Izetbegović, et encore moins pour calmer l'impitoyable Milošević.

Pourquoi est-ce que je fais le parallèle entre ton attitude et celle de Tuđman ? Tes rendez-vous successifs avec Paolo suggèrent un consentement croissant. Tu es passée d'une glace au KFC du coin à une fête dans la chambre même du félon. On peut donc considérer que, étant sous l'influence néfaste d'une tierce personne, tu adhères de façon implicite à la partition du territoire. À l'instar de Tuđman, tu participes à l'élaboration d'un plan beaucoup plus machiavélique que tu ne le soupçonnes. Tu n'es pas méchante, je le rappelle, mais n'oublions pas les mots d'Élie Wiesel : « Rester silencieux et indifférent est le plus grand des péchés. »

Venons-en maintenant à notre Milošević, j'ai nommé Paolo. Tu le qualifies de « prodige ». C'est sans doute vrai. Milošević aussi était un prodige, de même que Mussolini et Hitler. Le talent de Paolo s'exerce dans le monde du stylisme mais, à mon avis, il ressemble à Milošević. Tous deux œuvrent dans le domaine du vol et de la boucherie.

Laissons de côté les questions d'orientation sexuelle et attachons-nous aux intentions de Paolo. Celles-ci me paraissant claires. Son commentaire sur ton « beau postérieur » équivaut à une véritable déclaration de guerre. Milošević n'a jamais caché son hostilité envers les musulmans bosniaques. Il a d'ailleurs déclaré à Karađorđevo : « Cet accord offre davantage de choses aux musulmans que ce qu'ils pourraient jamais escompter obtenir par la force[1]. »

Pour résumer, je ne fais aucun reproche. Ce n'est sûrement pas moi qui vais te condamner,

---

1. John F. Burns, « Le projet serbe exclurait tout État musulman », *New York Times*, 18 juillet 1993.

mais j'ai l'impression que l'on roule mon frère dans la farine et que tu te contentes de regarder le spectacle sans intervenir.

AMY : Chère Kendra, tes efforts diplomatiques sont louables, mais permets-moi d'être en total désaccord avec toi. Puisque nous en sommes au chapitre des explications, laisse-moi donner mon point de vue, d'accord ? Primo, j'ai lu quelques articles sur ce Tuđman et je n'ai aucun point commun avec lui. Secundo, c'est vous, les Milošević de service qui conspirez contre moi, depuis votre tour d'ivoire sombre, dans le New Jersey. Je suis en stage de danse, en train de travailler un ballet. Pour la première fois de ma vie, je trouve une activité qui me plaît et où j'excelle. Ce n'est pas un crime, que je sache. Si j'appartenais à l'ex-Yougoslavie, je serais la Slovénie : un pays qui a lutté pour son indépendance en limitant les dégâts. Voilà ce que j'essaie d'accomplir ici, à l'école de danse. Je m'amuse, je m'émancipe en évitant de saboter mon histoire d'amour avec ton frère. C'est toi qui joues à l'Armée Populaire Yougoslave, qui lâche les troupes sur Ljubljana et tente de me faire culpabiliser.

Quant à Paolo, je ne le défends pas, mais tu es injuste : il est loin d'être aussi monstrueux que Milošević. Son côté charmeur tient à un aspect culturel. Et puis il ne s'est rien passé entre nous. Je l'assimilerais à l'ancien porte-parole du parlement croate, l'inoffensif Stjepan Mesić.

KENDRA : Inoffensif ? Je suis littéralement MDR. Allons, Amy ! Mesić était un ardent défenseur des Oustachis, l'agent corrompu d'un pays corrompu, dont la déplorable campagne présidentielle a été financée par la mafia albanaise. Peut-être que si tu avais passé moins de temps sur les planches, à te tortiller dans ton costume d'oiseau (j'espère que la SPA ne viendra pas à la représentation) et mieux étudié la situation en Europe centrale, dans les zones de conflit post-soviétiques, tu dirais moins d'énormités.

AMY : D'abord, je suis végane (contrairement à ton petit frère, pauvre martyr sanctifié), alors ne me cherche pas avec la SPA. Ensuite, Mesić n'a jamais été condamné pour corruption dans le déroulement de la campagne présidentielle[1], donc ne lance pas d'accusations mensongères.

KENDRA : Désolée pour ma digression sur ton costume d'oiseau. En fait, je trouve ça chouette (j'adore les paillettes). De plus, je ne peux qu'approuver tes choix alimentaires. Je soutiens le véganisme, même si j'ai du mal à le mettre en pratique à titre personnel.

AMY : Excuses acceptées. Merci pour mon costume (j'adore également les paillettes). Et pour le régime, je te conseille d'essayer le quinoa avec quelques gouttes de sauce au soja, sauf si tu es intolérante au gluten.

---

1. Slobodna Dalmacja, « *Sud : Darko Petricić nije oklevatao Stjepana Mesića* », 29 mars 2012.

KENDRA : Non, je me suis (re)mise au gluten il y a trois mois. J'avais perdu quatre kilos. Maintenant, je les ai repris ;-).

AMY : La haine. Quoi qu'il en soit, pour revenir à Paolo, oui, je passe du temps avec lui, oui, il est séduisant, et non, cela ne signifie pas que j'aie trompé ton frère. Au passage, je te signale qu'il ferait la même chose, pour peu que les rôles soient inversés. Un peu comme si Radovan Karadžić avait été scolarisé à Šofja Loka, et Jože Pučnik à Banja Luka. Je ne crois pas qu'à l'heure actuelle ce dernier irait aux réunions de l'Eurogroupe claquer la bise à Christine Lagarde. Tu sais ce que disais Slavoj Zižek à propos de l'absolutisme moral ?

KENDRA : Mmh. Zižek ne serait pas très impressionné par mon utopie post-marxiste défaillante.

AMY : Autre chose : si tu crois qu'Izetbegović n'est qu'une victime passive, tu devrais lire sa *Déclaration islamique*, manifeste rédigé en 1970. Je viens de le télécharger en PDF. Certains passages présentent des similitudes troublantes avec plusieurs mails de ton frère. Izetbegović militait en faveur d'une modernisation de la Bosnie, mais selon les préceptes du Coran. Ton frère accepte de me voir après l'école seulement si je vais au bowling avec lui (sport que je déteste parce que je me bousille les pouces, et il le sait).

KENDRA : Tes arguments sont recevables et bien documentés (je n'étais pas au courant de cette histoire de bowling). À la lumière de ces brillantes réflexions, j'imagine que la rupture avec mon frère, quoique différente du conflit balkanique, est inévitable. Dieu sait que j'aurais aimé vous voir rester ensemble – la Yougoslavie n'aurait pas connu de période de stabilité sans Tito –, mais si vous n'arrivez pas à vous entendre, l'avenir entre mon frère et toi semble compromis. Alors, dans le but d'éviter un nouveau Srebrenica, je crois qu'une séparation à l'amiable reste la meilleure solution.

Honnêtement, vous n'auriez pas envie que les États-Unis s'en mêlent comme ils l'ont fait sous Clinton. Nous savons tous les deux que les Américains sont intervenus avec trop peu de moyens, trop tard. Vous devriez donc partir chacun de votre côté avant que la situation ne s'envenime. Je te souhaite bonne chance pour ton ballet. Ne t'inquiète pas, je transmettrai notre décision à mon frère, qui n'était pas présent lors des négociations vu que vous vous étiez disputés.

AMY : Chère Kendra, merci de ta compréhension. Tu n'es pas la garce que j'avais cru. J'espère te rencontrer un jour de visu ;-), même si cela signifie de se voir dans le dos de ton frère. (Karađorđevo, deuxième round ? Je rigole.) Pour être sûres que les événements ne dégénèrent pas, nous devrions peut-être demander l'aide d'un médiateur. Pourquoi pas l'ancien assistant du secrétaire d'État, Richard Holbrooke ? Lol !

KENDRA : Carrément ! Ou le diplomate slovaque Miroslav Lajćak. On échappera à un deuxième massacre de Višegrad.

AMY : Pire, Foča !

KENDRA : PTDR !

AMY : Passe de bonnes vacances, Kendra.

KENDRA : Toi aussi.

Mes notices médicales telles que rédigées à charge par mon père

MARQUE : Ativan

COMPOSANT ACTIF : Lorazepam [lorazepam]

CLASSE PHARMACOTHÉRAPEUTIQUE : Relaxant / Somnifère

INDICATIONS THÉRAPEUTIQUES : Ce médicament t'a été prescrit par ton médecin pour t'aider à dormir, car il est difficile de trouver le sommeil lorsque l'on manque d'activité physique.

EFFETS INDÉSIRABLES : Peut entraîner une certaine fatigue, sans toutefois affecter ton planning surchargé.

INSTRUCTIONS EN CAS DE SURDOSAGE : Boire de l'eau du robinet, dont tu pourrais aussi te servir pour faire la vaisselle.

MARQUE : Adderall

COMPOSANT ACTIF : Amphétamine [enfetamin] et dextro-amphétamine [dekstroenfetanim]

CLASSE PHARMACOTHÉRAPEUTIQUE : Stimulant

INDICATIONS THÉRAPEUTIQUES : Ce médicament t'a été prescrit à outrance par ton médecin car il est payé par l'industrie pharmaceutique. Sais-tu à combien de patients on a prescrit de l'Adderall au cours des quatre dernières années ? Trente-sept millions. Deux de plus que la population totale du Canada : un pays qui a d'ailleurs interdit l'Adderall. Au Canada, on peut fumer de la marijuana (je sais que tu as essayé, ta sœur m'a dit qu'elle t'avait vu à McGill avec Peter Jaworski, un joint à la main), mais l'Adderall est illégal.

EFFETS INDÉSIRABLES : Peut devenir une habitude, comme continuer à t'habiller en ado et oublier d'envoyer une carte d'anniversaire à ta mère.

INSTRUCTIONS EN CAS DE SURDOSAGE : Prendre ce médicament est un surdosage en soi.

MARQUE : Zoloft

COMPOSANT ACTIF : Sertraline [sertralin]

CLASSE PHARMACOTHÉRAPEUTIQUE : Antidépresseur / Inhibiteur sélectif de la recapture de la sérotonine

INDICATIONS THÉRAPEUTIQUES : Ce médicament t'a été prescrit par ton médecin car tu lui as sans doute raconté la fois où j'ai voulu envoyer le réveil contre le mur et où l'appareil t'a heurté le front. Je visais le mur ! J'avais passé une journée abominable. On a quand même le droit de balancer des choses chez soi. Je me suis déjà excusé pour cet accident absurde. Je t'ai cogné la tête, je ne le conteste pas, mais toi, de ton côté, tu devrais cesser de te plaindre et de te prendre pour le nombril du monde. Prétendre avoir subi des maltraitances imaginaires dans ton enfance ne changera rien. Tu n'es pas heureux ? Qui l'est ? Pourquoi tout le monde dans ce pays pense-t-il qu'une pilule suffit à voir la vie en rose ? Tu sais que le nombre de docteurs et d'ingénieurs chinois surpasse désormais celui des États-Unis ? Comment as-tu l'intention d'y remédier ? Tu vas écrire un livre ! Super, merci ! Merci d'écrire une satire sur des chimpanzés new-yorkais qui parlent. Si c'est bien la mise en abyme profonde et subtile que tu escomptes, le pays n'a plus rien à craindre de la récession. Prenez ça dans les dents, vils Chinois : un livre postmoderne sur des singes parlants.

EFFETS INDÉSIRABLES : Ce médicament est susceptible d'entraîner des troubles érectiles sévères. Loin de moi l'idée de m'appesantir sur ta vie sexuelle trépidante, mais ta mère aimerait avoir des petits-enfants. Et comme ta sœur est actuellement homosexuelle, tu es le dernier des Mohicans.

INSTRUCTIONS EN CAS DE SURDOSAGE : Mets deux doigts dans ta bouche et penche-toi au-dessus des toilettes. Inutile d'aller vomir aux pieds de ta mère dans la cuisine, en arguant que tu n'as pas eu le temps d'aller à la salle de bains. Tout le monde sait qu'il s'agit d'une manœuvre destinée à l'apitoyer. Cela ne marche plus. Elle en a assez.

MARQUE : Haldol

COMPOSANT ACTIF : Halopéridol [haloperidol]

CLASSE PHARMACOTHÉRAPEUTIQUE : Antipsychotique indiqué dans les cas de schizophrénie (Seigneur Dieu !).

INDICATIONS THÉRAPEUTIQUES : Tu en as acheté dans la rue ou quoi ? Comment as-tu obtenu ce truc ? Tu as raconté à ton psy que tu entendais des voix ? Eh bien, écoute : si tu veux que je continue à payer ton assurance maladie pour que tu puisses rédiger des chèques à ton psy, tu ferais mieux de dégoter un travail. Comment peux-tu croire ce toubib ? D'où sort-il ? Je t'avais conseillé de venir dans le New Jersey et d'éviter d'aller consulter à West Village. Ta mère et moi habitons à côté de l'hôpital universitaire. Les internes sont très bien et moitié moins chers. Au fait, Howard m'a demandé de tes nouvelles l'autre jour. Quand je lui ai parlé de l'Haldol, j'ai eu honte. Aucun de ses enfants ne prend ce genre de médicaments et pourtant Jenny est dyslexique.

EFFETS INDÉSIRABLES : Je regrette de ne pas m'être accordé ces remontants à l'époque où je martyrisais mes enfants homosexuel et schizophrène. J'étais sans doute trop occupé à te jeter des réveils à la figure pour me permettre d'aller pleurer sur l'épaule d'un psy m'as-tu-vu de West Village, à trois cent cinquante dollars la minute. Regarde donc ce que je suis devenu ! Le plus jeune associé du cabinet ! Propriétaire d'un sept pièces et trois salles de bains à Fort Lee ! Marié depuis trente-six ans à la même femme. Trois croisières ensemble ! Ouais, on peut vraiment dire que j'ai mal tourné.

INSTRUCTIONS EN CAS DE SURDOSAGE : N'en parle pas à ta mère.

Mon neveu pose des questions

MOI : Attache ta ceinture, bonhomme.
MON NEVEU : Pourquoi ?
MOI : Parce que.
MON NEVEU : Pourquoi ?
MOI : Je tiens à toi.
MON NEVEU : Pourquoi ?
MOI : Tu es le fils de ma sœur. Je n'ai pas envie qu'il t'arrive malheur.
MON NEVEU : Pourquoi ?
MOI : Parce que.
MON NEVEU : Pourquoi ?
MOI : Je suis né trois ans après elle. Et comme tant de petits frères, je l'ai mise sur un piédestal.
MON NEVEU : Pourquoi ?
MOI : Je l'idéalisais. Une affection très étrange parce que ta mère n'était pas très gentille avec moi.
MON NEVEU : Pourquoi ?
MOI : Elle était fille unique et, quand je suis arrivé, elle a été obligée de tout partager.
MON NEVEU : Pourquoi ?
MOI : Nos désirs sont si éphémères. Je crois que c'était Maslow qui disait : « Quelle prouesse psychologique de savoir ce que nous voulons. »

Mon neveu : Pourquoi ?

Moi : Parce qu'il écrivait à une époque où la psychologie sociale tendait vers l'humanisme et la réalisation de soi.

Mon neveu : Pourquoi ?

Moi : Le courant du comportementalisme post-freudien était encore sous-représenté dans la psychologie occidentale.

Mon neveu : Pourquoi ?

Moi : Le monde découvrait pas mal de choses. Enfin, pas le monde car, à l'Est, ils avaient déjà trouvé certaines réponses.

Mon neveu : Pourquoi ?

Moi : Leurs sociétés étaient mieux établies.

Mon neveu : Pourquoi ?

Moi : Peut-être à cause des Mongols, qui avaient unifié un ensemble de vastes territoires par la force.

Mon neveu : Pourquoi ?

Moi : Je suppose qu'ils désiraient s'étendre.

Mon neveu : Pourquoi ?

Moi : L'invasion était la forme d'accomplissement la plus explicite. De nos jours, on préfère l'argent.

Mon neveu : Pourquoi ?

Moi : C'est plus facile que d'attaquer un pays. Mais tout aussi dangereux, sinon plus.

Mon neveu : Pourquoi ?

Moi : L'ensemble des terres disponibles est limité, tandis que l'argent, lui, augmente de façon exponentielle.

MON NEVEU : Pourquoi ?

MOI : Ce mécanisme est à la fois dû à l'économie et à une relation biaisée entre le monde développé et les institutions : la Banque Mondiale, le FMI. Regarde le Zimbabwe.

MON NEVEU : Pourquoi ?

MOI : Cette nation constitue un bon exemple des méfaits de l'inflation. Les gens étaient obligés de prendre des sacs de billets pour acheter un morceau de pain.

MON NEVEU : Pourquoi ?

MOI : À cause de l'échec de la réforme agraire d'un dictateur assoiffé de pouvoir.

MON NEVEU : Pourquoi ?

MOI : Pendant longtemps, le Zimbabwe était une colonie blanche, la Rhodésie. Toute une partie de la population était privée de ses droits civiques.

MON NEVEU : Pourquoi ?

MOI : À cause d'une lutte de pouvoir, ce qui nous ramène aux Mongols.

MON NEVEU : Pourquoi ?

MOI : Telle est la nature humaine. D'une certaine manière, on pourrait considérer que je suis la victime consentante de cette soif inextinguible d'argent.

MON NEVEU : Pourquoi ?

MOI : Eh bien, il est plus commode de s'en prendre au système – le capitalisme, la culture expansionniste des États-Unis, que Chomsky nomme « le fascisme économique » – que de se remettre en question.

MON NEVEU : Pourquoi ?

MOI : J'ai laissé passer les chances qui s'offraient à moi de prendre un autre chemin. La poursuite du dollar insaisissable m'a subjugué. Avant, je voulais devenir un grand philosophe.

MON NEVEU : Pourquoi ?

MOI : Tu vas rire : quand j'étais adolescent, j'adorais Emmanuel Kant.

MON NEVEU : Pourquoi ?

MOI : Personne ne m'a jamais posé cette question, mon grand. J'imagine que j'admirais sa façon de simplifier les concepts.

MON NEVEU : Pourquoi ?

MOI : J'avais des tonnes de questions sur l'éthique et la morale.

MON NEVEU : Pourquoi ?

MOI : Cela fait des années que je n'ai plus évoqué cette période. J'ai été incarcéré dans un centre de détention pour mineurs quand j'avais douze ans.

MON NEVEU : Pourquoi ?

MOI : On m'avait accusé d'être entré par effraction dans une école en pleine nuit et d'avoir mis le feu à une classe.

MON NEVEU : Pourquoi ?

MOI : Parce que mes parents avaient déclaré une fugue cette nuit-là et que la classe vandalisée était celle où se déroulaient les cours de math. Nous avions eu un gros contrôle la veille. J'étais le suspect idéal.

MON NEVEU : Pourquoi ?

MOI : Tout m'incriminait. Mais j'étais innocent.

MON NEVEU : Pourquoi ?

MOI : Je me moquais d'avoir échoué à l'examen.

MON NEVEU : Pourquoi ?

MOI : Une simple mauvaise note ne m'aurait pas empêché d'intégrer une bonne université, puis d'obtenir un travail correct. Je n'étais pas destiné à finir à la rue et sans le sou.

MON NEVEU : Pourquoi ?

MOI : D'accord, c'est moi ! J'ai brûlé l'école !

MON NEVEU : Pourquoi ?

MOI : J'étais terrorisé, j'avais douze ans. J'ai commis une erreur.

MON NEVEU : Pourquoi ?

MOI : Parce que je ne suis qu'un homme. Je suis faillible. Je voulais juste qu'on m'aime.

MON NEVEU : Pourquoi ?

MOI : On vit dans un monde de dingues où il faut se battre pour la plus petite miette. J'ai tout le temps peur que l'existence me file entre les doigts si je ralentis. Tout va trop vite. Le chaos et l'indifférence menacent de nous broyer, de nous submerger. Alors, on doit accélérer, tenir le rythme. Je sais combien cette frénésie est nocive, mais je ne peux pas m'arrêter. Alors j'ai incendié ma classe. Puis je m'en suis pris aux Mongols, à la Banque Mondiale, au FMI, à Robert Mugabe, à Cecil Rhodes, à Emmanuel Kant, à Freud, à Maslow, à Chomsky et à ta mère. Mais au bout du compte je suis l'unique responsable de mon propre désarroi.

Voilà pourquoi je veux que tu t'attaches. Je ne serai pas capable de freiner pour éviter l'accident. La ceinture de sécurité n'est qu'un rempart dérisoire à ma témérité.

MON NEVEU : Pourquoi ?

MOI : Je suis abîmé. J'ai mal. Et cela ne va pas s'arranger. Je ne m'en sortirai pas sans aide. Alors, est-ce que tu peux mettre ta ceinture maintenant ?

MON NEVEU : O.K.

MOI : Merci, bonhomme. Merci beaucoup.

3

HISTOIRE

Les hommes et la danse

INDIENNE D'AMÉRIQUE : Notre tribu meurt de faim. Il ne pleut pas. Les récoltes sont maigres.

INDIEN D'AMÉRIQUE : Les dieux de la pluie ont ignoré mes requêtes.

INDIENNE D'AMÉRIQUE : Parce que tu ne t'adresses pas à eux comme il faut.

INDIEN D'AMÉRIQUE : J'allais sacrifier un autre mouton, mais la vue du sang commence à te rendre nerveuse.

INDIENNE D'AMÉRIQUE : Pas besoin d'un nouveau sacrifice. Tu dois faire la danse de la pluie, c'est la seule solution.

INDIEN D'AMÉRIQUE : La seule solution ?

INDIENNE D'AMÉRIQUE : Oui. C'est soit ça, soit on meurt de faim.

INDIEN D'AMÉRIQUE : D'accord, je vais aller danser dans la forêt.

INDIENNE D'AMÉRIQUE : Non. Pour plaire aux dieux, tu dois t'exécuter devant toute la tribu, pendant qu'on te montre du doigt et qu'on se moque de tes gesticulations comme il est de coutume chez nous.

INDIEN D'AMÉRIQUE : Tu sais qui danse super bien ? Deux Chiens Qui Sautillent Insouciants À l'Horizon Nouveau. Deux Chiens saurait sans doute bouger comme il faut.

INDIENNE D'AMÉRIQUE : Non, ce doit être toi.

INDIEN D'AMÉRIQUE : Et si on mangeait un steak d'ours ? Je peux aller chasser.

INDIENNE D'AMÉRIQUE : Nous avons assez de viande pour dix lunes. Ce qu'il nous faut, c'est de la pluie.

INDIEN D'AMÉRIQUE : Je comprends. Je comprends parfaitement. Écoute : attends-moi ici. Je vais dans la forêt vérifier qu'il n'y a plus d'ours, je parle à Deux Chiens, et je reviens effectuer la danse.

CONSEILLER DU ROI : Son Altesse désire assister à un spectacle.

BOUFFON : Très bien. Qu'allons-nous choisir ? Je pourrais raconter mes blagues sur les douves.

CONSEILLER DU ROI : Non. Son Altesse a envie d'un numéro de danse.

BOUFFON : Vous êtes sûr ? Il adore mon sketch sur les douves. Vous vous souvenez : comment appelle-t-on une douve en hiver ? Inutile. Vous comprenez ?

CONSEILLER DU ROI : Oui, parce que l'eau est gelée.

BOUFFON : Ou alors celle-ci : combien d'alligators faut-il pour stopper un Hun ? Trente et un. Un pour tuer le Hun, et trente pour camoufler l'odeur.

Conseiller du roi : Oui, parce qu'il sent mauvais. Pigé. Mais vous n'y couperez pas, cette fois. Son Altesse exige une danse.

Bouffon : Et si je refuse ?

Conseiller du roi : Selon les consignes de son Altesse, vous serez écartelé pour son plus grand amusement.

Bouffon : Je vois.

Conseiller du roi : Eh oui. Ce sera une mort lente, mais très drôle.

Bouffon : D'accord… Peut-être que je vais juste ouvrir le spectacle avec la scène des douves.

Premier manifestant : Hé, mec, tu es prêt pour le défilé ?

Second manifestant : À cent pour cent. Quel est le programme ?

Premier manifestant : On prend du LSD et ensuite on va devant le Washington Mall protester contre la guerre du Vietnam.

Second manifestant : Génial ! Ces enfoirés de la capitale vont apprendre qu'ils ne peuvent pas imposer leur idéologie à ce pauvre pays asiatique sans en payer le prix.

Premier manifestant : Exactement ! Alors glisse un buvard sous ta langue et en avant pour la danse.

Second manifestant : Pardon ?

Premier manifestant : Tu n'as pas peur d'un petit acide, quand même ?

SECOND MANIFESTANT : Non, bien sûr que non. Je n'ai strictement aucun problème avec le LSD. Mais tu as parlé de danse ?

PREMIER MANIFESTANT : Ouais. C'est notre façon de manifester. On libère nos corps, on décontracte nos muscles pour signifier notre opposition à la guerre.

SECOND MANIFESTANT : Amusant, vraiment. Je vais me faire l'avocat du diable, mais crois-tu que nous ayons étudié toutes les autres options ? Tu as pensé à rédiger des pancartes ?

PREMIER MANIFESTANT : Ce genre de truc ne fonctionne pas. On a besoin d'envoyer un message clair aux technocrates de la Maison Blanche, un bon vieux message authentique et désinhibé.

SECOND MANIFESTANT : D'accord. Mais as-tu songé aux ambiguïtés de la guerre ? Les belligérants ne sont pas tout noir ou tout blanc. Tu n'as pas peur de l'effet domino ?

PREMIER MANIFESTANT : L'effet domino ?

SECOND MANIFESTANT : Oui. Disons qu'on se retire du Vietnam. Tout le monde rentre chez soi et ce territoire minuscule devient communiste. Pas de quoi en faire un plat. Mais le Laos lui emboîte le pas, puis l'Indonésie et la Chine. Soudain, Karl Marx frappe à ta porte, un petit livre rouge à la main, et te demande d'aller travailler dans une de ses usines à chaussures.

QUARTERBACK : Super réception, la bleusaille ! Ton premier essai ! Maintenant, fais ton truc.

Receveur écarté : Mon truc ? Quel truc ?

Quarterback : Ta danse.

Receveur écarté : Ah non. Je ne suis pas fan.

Quarterback : Quand tu marques un essai, tu dois danser.

Receveur rapproché : Ouais. On danse tous.

Halfback : J'ai répété mes pas ce matin, au cas où je marquerais.

Receveur écarté : Tu as répété tes pas ?

Halfback : Évidemment. Nos danses sont relativement compliquées.

Receveur rapproché : Même si nous bougeons tous différemment, nous avons pour point commun d'être complètement détendus.

Receveur écarté : J'ai toujours cru qu'on n'était pas obligé d'en passer par là.

Halfback : Tu te trompes. La danse est fondamentale. En particulier parce que les matches sont retransmis au niveau national.

Receveur rapproché : Exact. Toutes les nanas de ton lycée seront devant le poste.

Halfback : Ouais. Sans oublier Seth Neddermeyer, le type qui te persécutait avant ta poussée de croissance.

Receveur écarté : Je pourrais me contenter de faire rebondir le ballon.

Joueur de ligne offensive : Je viens de m'exploser l'épaule pour toi ! Danse !

Receveur écarté : Un moonwalk, ça ira ? On danse encore le moonwalk, non ?

QUARTERBACK : Non, ce doit être une danse originale.
RECEVEUR ÉCARTÉ : À la réflexion, je crois que mon pied a mordu la ligne. J'ai dépassé les vingt mètres. On devrait peut-être vérifier sur lc ralenti.

Ultimes conversations à Pompéi

LA MAÎTRESSE : Stop ! Laisse-moi tranquille !

L'HOMME : Que se passe-t-il ?

LA MAÎTRESSE : Je ne peux plus continuer.

L'HOMME : C'est toujours pareil, dès qu'on commence à se mettre dans le bain.

LA MAÎTRESSE : Cet endroit me donne la chair de poule. J'en ai assez de ces rendez-vous clandestins toutes les semaines.

L'HOMME : La chair de poule ? C'est l'une des plus belles villas à l'ombre du Vésuve.

LA MAÎTRESSE : J'ai toujours peur qu'on nous découvre.

L'HOMME : Qu'est-ce que tu racontes ? Les lieux sont déserts. À cette période de l'année, tous les Samnites sont à Sarno.

LA MAÎTRESSE : Tu ne m'as jamais emmenée à Sarno.

L'HOMME : Tu habites dans un village à six jours de marche ! Et je ne compte pas les haltes pour les castrations de bétail.

LA MAÎTRESSE : Cela ne t'empêche pas d'y aller avec ta femme.

L'HOMME : Ne mêle pas Debbie à cette histoire.

LA MAÎTRESSE : Tu avais juré que tu lui parlerais.

L'HOMME : Et je compte bien tenir promesse. Mais le moment est mal choisi.

LA MAÎTRESSE : Alors quand ? Dans six mois ? Un an ?

L'HOMME : On ne peut pas juste profiter de cet instant d'intimité ? Les occasions d'être ensemble sont si rares.

LA MAÎTRESSE : Je n'ai pas la tête à ça. Elle pourrait nous surprendre n'importe quand.

L'HOMME : Détends-toi. Personne ne nous dérangera avant un millier d'années.

L'ARTISTE : Je me sens prisonnier de la routine.

LA MUSE : De quoi tu parles ? Tu es au sommet de ton art.

L'ARTISTE : Je n'ai rien produit depuis des mois.

LA MUSE : Et cette fresque avec le bœuf et le phallus ? Tout le monde l'adore.

L'ARTISTE : Personne ne l'a vue. À ce train-là, je n'obtiendrai même pas une exposition en Ombrie.

LA MUSE : Tu es jaloux d'Augusto ?

L'ARTISTE : Rien à voir avec Augusto. Il s'agit de moi, de ma léthargie.

LA MUSE : Tu oublies l'accueil réservé à ta sculpture, celle qui représentait les grains de raisin.

L'ARTISTE : C'était il y a trois ans.

LA MUSE : Tu étais en avance sur ton temps. Qui d'autre aurait eu l'idée d'utiliser de la cervelle d'agneau pour la texture ?

L'ARTISTE *(ironique)* : Certainement pas Augusto.

LA MUSE : Tout à fait. Tu es un pionnier.

L'ARTISTE : Augusto se serait sans doute servi d'un foie d'eunuque.

LA MUSE : Tellement convenu.

L'ARTISTE : Ou d'une oreille de veau.

LA MUSE : Dépassé.

L'ARTISTE : J'ai l'impression de ne pas être né au bon millénaire. Mes contemporains ne m'apprécient pas à ma juste valeur.

LA MUSE : Qu'est-ce que je disais ? Tu es un réformateur coincé à l'époque de la contre-réforme.

L'ARTISTE : Mes œuvres sont trop radicales pour la contre-réforme !

LA MUSE : Dans mille ans, cet endroit sera un musée.

L'ARTISTE : Tu crois ?

LA MUSE : J'en suis sûre. Les gens viendront des quatre coins du monde pour admirer ton travail. Ils franchiront les isthmes, ils prendront des bateaux en partance d'Aden pour voir des grains de raisin en cervelle d'agneau. Tu rendras Pompéi célèbre.

L'ARTISTE : Et Augusto sera toujours en train de bosser à Nucère.

LA MUSE : Exactement ! Ne pense plus à lui.

PREMIER DÉTENU : Hé, mec, réveille-toi. On se fait la belle.

SECOND DÉTENU : Hein ?

PREMIER DÉTENU : Le fils du gardien a la peste. La voie est libre. Ne me dis pas que t'as la trouille.

SECOND DÉTENU : J'envisageais plutôt de rester.

PREMIER DÉTENU : Tu veux rester en prison ?

SECOND DÉTENU : On n'a plus que trois mois à tirer. J'estime qu'on devrait payer notre dette à la société. Je veux dire, on n'aurait jamais dû renverser ces chèvres.

PREMIER DÉTENU : Tu aimes cet endroit ?

SECOND DÉTENU : En quelque sorte. J'ai rencontré des gens sympas, j'ai un bon boulot à la bibliothèque… Je prends soin des livres.

PREMIER DÉTENU : Ouais, eh bien moi, je me casse. Et pas plus tard que cette nuit.

SECOND DÉTENU : Tu vas passer le restant de tes jours caché dans les rues de Pompéi, à regarder pardessus ton épaule ?

PREMIER DÉTENU : Non, je me casse aussi de Pompéi.

SECOND DÉTENU : Tu quittes la ville ?

PREMIER DÉTENU : J'en ai marre d'ici. J'ai des rêves, figure-toi. Je veux voyager le long de la côte, tomber amoureux d'une Babylonienne et la lapider quand elle a ses règles.

SECOND DÉTENU : Joli programme. Pour ma part, je préfère me la couler douce à Pompéi après avoir purgé ma peine. Peut-être que j'enseignerai le latin aux jeunes défavorisés. Je rendrai un peu de ce qu'on m'a donné.

PREMIER DÉTENU : Bon. Content de t'avoir connu, mec.

SECOND DÉTENU : À la prochaine, dehors.

L'ÉPOUSE : Tu peux te tenir tranquille ?

LE MARI : C'est ce que je fais.

L'ÉPOUSE : Non, tu n'arrêtes pas de jeter des coups d'œil dans ton télescope.

LE MARI : Je vérifie simplement que les enfants sont au lit.

L'ÉPOUSE : Arrête ton cinéma. Tu regardes le match dans la vallée.

LE MARI : C'est la finale du combat des ours, ce soir.

L'ÉPOUSE : Tu vérifieras le score à la maison. Maintenant, concentre-toi un peu.

LE MARI : J'essaie, mais ce spectacle est un cauchemar. Trois heures de gesticulations, à contempler un type en costume de satyre.

L'ÉPOUSE : C'est un cauchemar d'être avec moi ?

LE MARI : Bien sûr que non. Tu sais que je t'aime. Je parlais du satyre. Ils vont jouer toute la pièce en osque ? Je comprends à peine ce qu'ils disent.

L'ÉPOUSE : Claudius, lui, emmène sa femme aux cantates chaque semaine.

LE MARI : Tu devrais peut-être aller avec eux.

L'ÉPOUSE : Pour être la cinquième roue du char à bœufs, non merci.

LE MARI : Cette représentation est interminable.

L'ÉPOUSE : Rassure-toi, nous ne sommes pas à une pantomime de Flaccus. Ce sera fini dans trois heures.

PREMIER MÉTÉOROLOGUE : Tu n'a rien remarqué d'étrange, ces derniers temps ?

SECOND MÉTÉOROLOGUE : Comment ça, étrange ?

PREMIER MÉTÉOROLOGUE : Je ne sais pas. J'ai l'impression qu'il règne un calme inquiétant.

SECOND MÉTÉOROLOGUE : Quelles sont les prévisions pour ce week-end ? Tu as regardé ta feuille ?

PREMIER MÉTÉOROLOGUE : Ouais. Ça souffle toujours en direction de Capri.

SECOND MÉTÉOROLOGUE : Alors on ne risque rien. Tu es sans doute stressé par les histoires invraisemblables que Titus colporte pour monter dans les sondages.

PREMIER MÉTÉOROLOGUE : Allons donc ! Ce n'est pas mon genre.

SECOND MÉTÉOROLOGUE : Je ne prétends pas que c'est un stress conscient. Mais tu te souviens de l'année dernière, quand tu as affirmé que les grenouilles allaient tomber du ciel ? Tu es toujours perturbé en période de changements.

PREMIER MÉTÉOROLOGUE : Ah bon ?

SECOND MÉTÉOROLOGUE : Oui. Mais tout va bien. Regarde, le soleil brille, nous sommes à Pompéi, l'endroit le plus sûr de ce côté d'Herculanum.

PREMIER MÉTÉOROLOGUE : Tu as peut-être raison.

SECOND MÉTÉOROLOGUE : Bien sûr que j'ai raison.

PREMIER MÉTÉOROLOGUE : Je fais souvent ce rêve étrange : je cours dans l'amphithéâtre pour dire à tout le monde d'évacuer la ville. Je suis persuadé qu'un nuage de cendre et de pierres va nous ensevelir, nous pétrifier.

SECOND MÉTÉOROLOGUE : Tu gagnerais sans doute sept ou huit points dans les sondages, avec une description pareille.

PREMIER MÉTÉOROLOGUE : Au moins sept ou huit.

SECOND MÉTÉOROLOGUE : Mais serait-ce bien raisonnable ?

PREMIER MÉTÉOROLOGUE : Non, j'imagine que non.

SECOND MÉTÉOROLOGUE : Bien. Alors détendons-nous. Un bon petit remontant à base de lait de chèvre fermenté fera l'affaire. Ensuite, nous regarderons le soleil se coucher derrière l'imperturbable mont Vésuve.

Les cinq premiers coups de téléphone d'Alexander Graham Bell

10 mars 1876

ALEXANDER GRAHAM BELL : Venez Watson ! J'ai besoin de vous !

11 mars 1876

ALEXANDER GRAHAM BELL : Bonjour Watson, devinez qui est à l'appareil. Oui, c'est moi, Alex. Comment avez-vous su ? J'avais maquillé ma voix ! Vous avez dormi, la nuit dernière ? Moi non plus. J'étais tellement excité par cette histoire de téléphone. Oui, je sais. Je voulais vous appeler, mais j'ai pensé que vous dormiez. Vous en avez parlé à quelqu'un ? Non, moi non plus. Je songeais toutefois à mettre Mabel au courant. Elle trouverait cela intéressant. D'accord, aucun souci. Appelez-moi quand vous vous lèverez. Peu importe l'heure, pas de problème. Bon… Vous allez raccrocher ? Non, vous d'abord. Non, vous ! Alors, allons-y en même temps. Prêt ? Un, deux, trois. Vous êtes encore là ? Oui, moi aussi. Allez, je raccroche vraiment, cette fois. Un, deux, trois. Allô ?

12 mars 1876

ALEXANDER GRAHAM BELL : Bonjour Watson, comment allez-vous ? Rien. Je suis chez moi, et vous ? Super. Au fait, j'ai eu une idée amusante. Dites-moi si cela vous semble aberrant, mais étant donné que j'ai un téléphone et que vous avez un téléphone, j'ai pensé que ce serait bien si plusieurs personnes en avaient un. Je ne sais pas. Mabel, par exemple. Elle adorerait ça. Quoi ? Non, je n'éprouve rien pour elle. Je songeais simplement qu'elle apprécierait d'avoir un appareil. Non, elle ne m'obsède pas. Ce serait juste une chouette tentative. Nous verrions si la ligne fonctionne chez elle. On pourrait lui faire la surprise, qu'en dites-vous ? Vous cacheriez le téléphone dans sa maison et je l'appellerais. Elle entendrait la sonnerie et, intriguée, décrocherait le combiné. Je parlerais alors d'une voix nonchalante : « Bonjour, Mabel. Ici Alex. Je vous appelle depuis chez moi, au bas de la rue. » Elle sera épatée. Non, je ne cherche pas à l'impressionner, mais nous saurons ainsi que l'expérience est un succès. Si vous alliez jusque chez elle et installiez l'appareil en toute discrétion, ce serait génial. Pourquoi ne pas frapper à sa porte et vous faire passer pour un livreur ou un médecin chargé d'inspecter le quartier à la recherche de pestiférés ? Enfin quelque chose d'anodin. Ne mentionnez surtout pas mon nom ! Super, merci, Watson. Vous êtes le meilleur. Elle va être éblouie.

Quoi ? Non, pas par moi, par mon invention. Elle va être éblouie par mon invention. Magnifique. À plus tard.

15 mars 1876

ALEXANDER GRAHAM BELL : Bonjour, c'est moi. Rien de spécial. Quoi ? Non, je viens de dîner. Qu'est-ce que vous racontez ? Je ne bafouille pas. Non, je ne bafouille pas ! Et moi, je crois que c'est vous, qui êtes saoul. Je vais très bien. J'ai peut-être bu une ou deux gorgées de vin, et alors ? Taisez-vous ! Je ne suis pas d'humeur à entendre vos sottises, d'accord ? Vous avez eu des nouvelles de Mabel ? Je l'ai appelée toute la journée, sans succès. Évidemment, j'ai composé le bon numéro : le 2. Inutile d'adopter ce ton condescendant avec moi. Vous n'avez sans doute pas bien connecté les fils à l'armature. Je ne dis pas que vous l'avez fait exprès, mais je trouve ça bizarre qu'elle ne décroche pas. Bizarre, c'est tout. Je ne vous accuse de rien, mais j'ai vu la manière dont vous la regardiez. Allons bon, j'invente des choses, maintenant ? Le grand inventeur invente des choses ? Et la fois où vous l'avez complimentée sur sa robe, je l'invente peut-être ? Et celle où vous avez déambulé sur le même trottoir qu'elle jusqu'à Strawbridges, une illusion ? Je devrais sans doute la faire breveter. Ah, je suis tellement exaspéré que j'ai bien envie de vous raccrocher au nez. C'est cela, oui ! Je vais raccrocher alors que nous n'avons pas fini de parler !

21 mars 1876

ALEXANDER GRAHAM BELL : Bonjour Watson, c'est Alex. Comment allez-vous ? Moi, ça va, alors... Bon, je voulais vous demander d'accepter mes excuses pour le coup de téléphone de la semaine dernière. Je n'aurais jamais dû vous appeler alors que j'avais bu. Une initiative stupide de ma part. Et puis, je n'étais pas vraiment en colère après vous. J'étais simplement... agacé par la situation, vous comprenez ? Je me suis défoulé sur vous, ce qui était totalement immature. Enfin bref... Comment allez-vous ? Bien, très bien. Oui, à part cela, je vais bien moi aussi. Je viens de penser à une nouvelle invention, mais je me demande si quelqu'un ne m'a pas devancé. Cela ressemblerait à une cuillère avec des pointes. Une concept idiot, probablement. Non, aucune nouvelle de Mabel. En fait, je ne l'appréciais pas tant que ça. Elle a un côté égoïste, vous savez. Elle ramène tout à elle. J'étais plutôt amoureux de l'idée de Mabel, si vous voyez ce que je veux dire. Quoi qu'il en soit, je me sens un peu seul. J'ai l'air déprimé, non ? Vous croyez que vous pouvez passer, Watson ? J'ai besoin de vous.

Blagues marxistes

Pourquoi un marxiste traverse-t-il la route ?
Pour rejoindre un autre marxiste assis de l'autre côté de la chaussée.

Combien faut-il de marxistes pour visser une ampoule ?
Deux. Un pour visser, et un autre pour se lamenter de la politique libérale chère à Milton Friedman.

Un marxiste entre dans un bar et demande au tenancier s'il est syndiqué.

Toc, toc.
Qui est là ?
Un marxiste.
Un marxiste comment ?
Un marxiste qui veut vous donner un pamphlet sur la lutte des classes.

Quand un marxiste rencontre un autre marxiste, que se racontent-ils ?
Comme toi, j'ai soutenu une révolution prolétarienne dont la collectivisation était le point d'orgue.

Qu'obtient-on lorsqu'on croise un marxiste avec un socialiste ?
Une personne qui considère que la valeur d'une marchandise équivaut au temps de travail nécessaire pour la produire.

Quelles sont les différences entre un marxiste et un keynésien ?
La liste ci-dessous n'est pas exhaustive :
Le marxiste est persuadé que les travailleurs devraient posséder les moyens de production, alors que le keynésien encourage la privatisation desdits moyens.
Le marxiste croit que le gouvernement centralisé se désagrégera après la révolution, tandis que le keynésien encourage l'interventionnisme étatique pour assurer le plein emploi.
Enfin, le keynésien n'invitera jamais un marxiste à une fête sur son lieu de travail, parce qu'il redoute de subir des réflexions sur la manière dont les box sont agencés dans l'entreprise.

Comment faire descendre d'un arbre un marxiste manchot ?
Demandez à deux conducteurs d'engins d'amener trois monteurs-régleurs de l'intersyndicale ouvrière munis d'échelles agréées par la Fédération nationale d'Athlétisme, puis aidez le marxiste manchot à retrouver la terre ferme.

La mère du marxiste est si grosse que lorsqu'elle se plaint de la hausse des prix sans développement économique, c'est elle qui souffre de stagflation.

Un prêtre, un rabbin et un marxiste sont dans un avion qui va s'écraser. Il ne reste que deux parachutes. Le prêtre dit : « J'ai toujours suivi les préceptes de Jésus, alors je devrais avoir un parachute. » Le rabbin ajoute : « J'ai payé la location de l'avion, donc il me faut aussi un parachute. » Et le marxiste de conclure : « En temps normal, je serais d'accord pour allouer une voilure à chacun selon ses moyens, mais comme j'ai peur de mourir j'aimerais bien avoir un de ces parachutes, merci. »

4

MA COLOCATAIRE M'A VOLÉ MES NOUILLES :

Lettres d'une étudiante de première année frustrée

16 septembre

Chère Rita,

Tu croyais ne plus jamais entendre parler de moi, n'est-ce pas ? Eh bien me revoilà ! Certes, nous nous sommes perdues de vue depuis la seconde[1], mais je suis dans un tel désarroi que tu es la seule personne vers qui j'envisage de me tourner. Au fait, je te signale que je prends des cours d'écriture et que, en ce moment, nous apprenons à utiliser les notes de bas de page[2]. Étant donné que je t'écris longuement, tu ne m'en voudras pas d'utiliser cette technique pour éclaircir certains points.

Bon, pour revenir à nos moutons, voilà deux semaines que je suis à la fac. C'est le pire calvaire de mon existence. Je suis tellement déprimée. Plus encore qu'à l'époque du lycée, si c'est possible.

Je t'écris comme on jette une bouteille à la mer. Tu ne te souviens peut-être plus de moi mais qu'importe.

---

1. Donc, techniquement tu n'es plus ma tutrice.
2. Comme celle-ci.

Ma tête va exploser[1] si je ne raconte pas ce qui se passe à quelqu'un.

Je ne te l'ai pas dit : je n'ai été admise dans aucune des universités pour lesquelles j'ai postulé en priorité. Seuls les seconds choix se sont présentés à moi, du coup, je me retrouve dans le trou du cul du monde, en plein Missouri[2]. Mes parents estimaient que ce serait « bien pour moi » de quitter la maison et de « faire l'expérience d'une autre région[3] ».

Je déteste ce coin de toute mon âme. J'ai l'impression que le gouvernement des États-Unis a construit une ville normale avant de déféquer dessus. C'est dur à décrire, mais Saint-Louis ressemble vraiment à de la merde. Toute l'agglomération paraît recouverte d'une fine couche d'excréments. J'ai l'impression d'être revenue à l'époque de la grande dépression[4]. New York me manque tellement.

Le plus curieux dans cette affaire, c'est que je semble être la seule à accorder de l'importance au cadre de vie. Les autres étudiants – j'entends par là tous les autres étudiants sans exception – ont l'air de parfaitement s'accommoder de la situation. Ils s'en sortent en cours, ils s'amusent et se font un tas d'amis. Est-ce que personne d'autre que moi ne voit dans quel environnement affreux on vit ?

1. Littéralement. J'ai des migraines liées à l'angoisse.
2. Le Missouri préfère appeler ce trou Saint-Louis.
3. La plus pourrie, je suppose.
4. Je ne plaisante pas, il y a même un bowling.

Le pire est que j'avais demandé une chambre simple[1]. Comme ils n'en avaient que quelques-unes, je me suis retrouvée avec une crétine du nom de Rebecca Colenick[2].

En théorie, la Connenick devrait être une fille sympa, en ce sens qu'elle dit toujours ce qu'il faut. J'ai l'impression de côtoyer une hypocrite de première qui n'est gentille que pour pouvoir répondre en cas de dispute : « Je t'avais pourtant demandé si ma musique te dérangeait. » Du coup, tu es bien obligée d'avouer : « Oui, c'est vrai, tu me l'avais demandé. »

Ce ne sont pas mes affaires mais, honnêtement, elle encaisserait sans problème une petite phobie alimentaire, vu qu'elle est déjà sacrément enrobée.

Cela nous amène au grief qui m'occupe :

J'ai fait de grosses courses à Wal-Mart le jour où j'ai emménagé. Mes parents m'avaient emmenée car je n'ai pas encore le droit d'avoir une voiture. Nous avons donc pris tout ce dont j'aurais besoin pour les prochaines semaines[3].

---

1. Ce qui signifie : pas de colocataire. Je n'ai jamais partagé ma chambre avec quiconque. (Même pas des copines restées à dormir. Tu te souviens peut-être de mon aversion pour les soirées pyjama.)

2. Que je surnommerai à partir de maintenant Connenick. Désolée d'être grossière. Peut-être que tu es choquée, mais ça me fait tellement de bien de l'appeler ainsi. Encore toutes mes excuses, Rita.

3. Y compris quatre bouteilles de shampoing Pantene Pro-V, de l'adoucissant, des tonnes de sachets à glissières et de Toplexil

Nous avons également acheté un lot de dix-huit sachets de nouilles orientales[1]. Je sais que ce type d'aliments est mauvais pour la santé, mais j'adore en manger. Des repas parfaits pour les soirs où il n'y a rien d'autre à se mettre sous la dent.

La Connenick n'a pas le même emploi du temps que moi et, un jour où j'avais cours jusqu'à 20 h 30, elle n'était pas là lorsque je suis rentrée. J'ai mis de l'eau à bouillir dans le micro-ondes et, quand j'ai cherché un bol dans le placard, j'ai vu qu'il ne restait plus que trois sachets au lieu de quatre.

J'ai d'abord songé à un cambriolage ou je ne sais quoi. Après avoir inspecté les lieux, je me suis rendue à l'évidence : rien n'avait changé. Je me suis alors souvenue que la Connenick n'avait pas classe avant mardi, ce qui signifiait qu'elle était sans doute restée à la maison toute la journée. À force de se goinfrer, elle avait probablement été tentée par mes nouilles au poulet, qui avaient par conséquent fini dans son estomac.

Quand j'ai réalisé qu'elle m'avait volé mes nouilles, j'ai perdu l'appétit. Quelque chose en moi s'est brisé. Je me suis sentie dans la peau d'une femme qui

---

en gélules. Un petit micro-ondes, des cintres ultrafins, des boissons énergétiques au citron vert, des fournitures scolaires (carnet de notes, classeurs, etc.). Je suis sûre d'avoir oublié un million de choses, mais tu saisis l'idée. Le strict nécessaire, quoi.

1. Le paquet comprenait six portions à la crevette, six au bœuf et six au poulet.

découvre que son mari dentiste la trompe avec son assistante.

Une bouffée de panique identique à celles dont nous avions parlé a commencé à m'envahir. Ma respiration s'est accélérée, j'ai cru étouffer. Une sensation de vertige s'est emparée de moi, j'avais l'impression de me tenir au bord d'un précipice, les yeux plongés dans le vide. Alors, je me suis assise en pleurs sur le lit[1]. J'ai enfoui ma tête dans le coussin. Mon nez n'arrêtait pas de couler[2]. J'en voulais au monde entier, ma vie était foutue. J'étais convaincue de me trouver dans une situation inextricable. Mon cœur battait si vite que je redoutais de mourir.

J'imagine que je me suis endormie, parce que tout à coup la Connenick était dans la chambre et piaillait : « Salut, j'espère que je ne te réveille pas[3] ! »

Je me suis comportée comme si de rien n'était. J'ai fait semblant de lire et, à un moment donné, j'ai dit « bonne nuit » d'un ton sec, histoire de lui montrer que j'étais hors de moi, avant d'éteindre la lampe de chevet.

MAIS…

Tiens-toi bien, Rita…

---

1. Bizarre, je sais. C'était un réflexe.

2. En temps normal, je n'aurais jamais sali mon oreiller de façon aussi dégoûtante, d'autant plus que c'est vraiment la galère pour laver son linge ici, mais l'envie de pleurer était plus forte que tout.

3. Je pensais : « Si, tu me réveilles ! »

Pas plus tard que le lendemain, la Connenick me parle des nouilles avec sa petite voix de faux jeton ! « Au fait, je t'ai pris un sachet de nouilles. J'espère que tu ne m'en veux pas, j'étais morte de faim[1]. »

J'avais envie de lui hurler dessus.

Premièrement, nul ne devrait avoir de droit de dire : « J'espère que tu ne m'en veux pas. » Quand on souhaite une chose pareille, c'est justement que l'intéressée va vous en vouloir.

Deuxièmement, elle ne s'est pas contentée de faucher un sachet de nouilles, elle a choisi un sachet de nouilles au poulet. Cela reviendrait à s'excuser d'avoir piqué cent dollars dans un portefeuille en minaudant : « Au fait, je t'ai pris un billet, j'espère que tu ne m'en veux pas. »

Et troisièmement, mange ta propre nourriture, espèce de demeurée ! La Connenick pourrait aller au Wal-Mart avec sa famille de dindons et puis elle a des tonnes de bouffe dans son placard[2]. Qu'est-ce qui lui a pris d'aller fourrer son nez d'énorme truie dans mes affaires ? Reste dans ton enclos, Peggy la cochonne ! Grogne tant que tu veux, mais loin de moi, Porcinet !

Quand je suis allée me plaindre à la responsable d'étage[3] que la Connenick m'avait pris un sachet de nouilles, tu sais ce qu'elle m'a répondu ? « Tu es

1. Tu m'étonnes, ma grosse.
2. Vingt boîtes de Pépito. Espèce de baleine !
3. Une pimbêche nommée Janice.

fille unique[1]. La fac représente un grand bouleversement pour toi. Tu vas devoir apprendre à partager. » Je l'ai envoyée se faire voir. « Je t'emmerde, Janice. » Depuis, on ne se parle plus. Connasse de dictatrice.

Désolée pour les jurons à répétition. Tu m'avais conseillé de tenir un journal intime plutôt que de crier après ma mère. Cette méthode a fonctionné au début, mais ensuite j'ai eu la flemme et j'ai recommencé à lui crier dessus. D'une certaine manière, cette lettre remplace le journal, sauf qu'il n'est pas intime puisque je dévoile mes sentiments à quelqu'un susceptible de me comprendre[2].

Je sais bien que cette mésaventure semble bénigne, qu'il ne s'agit, après tout, que d'un simple repas, mais si ce n'était que cela, je le prendrais à la légère, du genre : « J'irai acheter une autre portion, voilà tout. » En fait, cet événement est beaucoup plus important qu'il n'y paraît. Je suis furieuse. Cette histoire de nouilles n'est que la partie émergée de l'iceberg. J'ai l'impression que ma vie est un désastre. Je n'y vois pas d'issue et j'ai la conviction que cela ne va pas

---

1. On considère souvent que les enfants uniques sont gâtés, qu'ils ont du mal à coexister. Ce n'est pas tout à fait vrai. On pourrait tenir les mêmes propos pour des gamins élevés dans des familles nombreuses : ils sont obligés de se montrer égoïstes afin de préserver leurs possessions de la convoitise de leurs frères et sœurs. Ce sont peut-être eux qui ne savent pas partager.

2. C'est tombé sur toi. Condoléances ;-).

s'arranger. Cette perspective (selon laquelle la situation va empirer) se révèle être encore plus terrifiante que si je me retrouvais en zone de guerre, là où, au moins, j'aurais la certitude que le carnage s'interromprait un jour.

D'accord, cessons de nous lamenter[1]. Je vais donc terminer ma lettre en te disant combien ton influence m'a été bénéfique, Rita. J'ignore si tu t'en souviens, mais un jour, tu as eu une parole capitale pour moi. Tu ne te le rappelles probablement pas, étant donné que tu rendais toujours un tas de services aux filles. Toujours est-il que tes mots furent mon seul réconfort au cœur d'une année cauchemardesque.

Les voici :

Durant la première année de lycée, période infernale entre toutes, j'étais dans ton bureau à pleurnicher[2], et tu as posé la main sur ma tête d'une étrange manière[3], avant de déclarer : « Tu mérites d'être heureuse. »

Mon esprit s'est illuminé. Je me suis rendu compte que tu avais raison. Je méritais vraiment d'être heureuse. Pas dans le sens où je comparerais égoïstement ma félicité à celle des autres, mais plutôt genre : « Je suis un être humain et j'ai droit au bonheur. »

---

1. Mieux vaut tard que jamais, n'est-ce pas ?
2. Comme d'habitude.
3. Étrange et adorable.

Il s'est alors produit une histoire curieuse. Deux semaines plus tard, j'ai de nouveau connu un épisode dépressif. Dans mon esprit, la seule phrase apte à me consoler était « tu mérites d'être heureuse ». Je devais la réentendre, mais il fallait qu'elle soit spontanée. Je ne pouvais pas demander à quelqu'un de la prononcer. Telle était la règle que je m'étais fixée.

J'ai donc entrepris de conduire mon entourage, mes parents, mes professeurs, à dire ces mots en posant des questions détournées, du style : « Que méritons-nous, en tant qu'espèce ? » Sans succès. Mes interlocuteurs me regardaient comme si j'avais perdu la boule, ce qui était peut-être le cas.

J'ai souvent imaginé que tu réitérais ton encouragement, Rita. J'aurais tant voulu posséder une machine à remonter le temps qui me permette de retrouver la fois où j'avais senti ta douce main sur ma tête et goûté ton soutien : « Tu mérites d'être heureuse. »

Enfin bref, je vais devoir conclure. La Connenick vient d'arriver ; je dois monter la garde devant mes provisions[1].

Je sais que cette lettre est bizarre et qu'elle arrive un peu comme un cheveu sur la soupe, mais je pense toujours à toi lorsque je suis triste[2], Rita.

Tu es sans doute ma seule amie.

---

1. Je plaisante. Enfin presque.
2. Comprendre « je suis moins triste quand je pense à toi », et non « je suis triste quand je pense à toi ».

Bien à toi[1],
Harper Jablonski

P.S. : La Connenick vient juste de me demander : « Tu écris quoi ? » Et moi de répondre : « Je fais mes devoirs[2]. »

---

1. J'allais écrire « affectueusement », mais ce serait un peu étrange, prématuré.
2. Quelle crétine ! Allez, cette fois, je te quitte vraiment. À bientôt, Rita.

29 septembre

Chère Rita,

Merci infiniment pour ta réponse qui m'a fait chaud au cœur, en particulier parce que je me suis sentie tellement bête après avoir envoyé mon courrier. J'ai cru que tu ne te souviendrais pas de moi ou que tu le prendrais mal. De toute évidence, ce n'est pas le cas : tu te souviens de moi et tu l'as bien pris.

J'ai trouvé ta lettre délicieuse, même si elle était un peu courte à mon goût[3].

Quoi qu'il en soit, j'ai suivi ton conseil : j'ai essayé d'être plus gentille avec ma colocataire[4]. Seulement, cela ne s'est pas déroulé comme prévu.

Oui, tu m'as encouragée à sympathiser avec elle, à l'inviter à sortir[5] plutôt que de ruminer ma colère, ce

---

3. Tu m'as incitée à voir un tuteur sur le campus, mais ne t'inquiète pas. Je ne te ferai jamais une chose pareille. Entre toi et moi, c'est à la vie, à la mort !

4. Que tu appelles Rebecca, mais que je continue à surnommer la Connenick. Ha ha ha.

5. Une proposition légèrement ambiguë, à mon avis, même si j'ai compris de quoi tu voulais parler.

que j'ai fait dès que j'ai reposé ta missive[1]. J'ai donc demandé à la Connenick si elle avait envie d'aller quelque part, histoire de voir du monde.

« Bien sûr, s'est-elle réjouie. Tu voudrais faire quoi ?

— Ce que tu veux. »

Je croyais qu'elle allait me proposer un truc normal : un café ou un restau mexicain, mais elle a enchaîné : « Ma fraternité organise une soirée au profit de la lutte contre le syndrome de Huntington. Ça te dirait de venir nous aider ? »

Et au lieu de refuser la pire invitation de ma vie, je me suis entendue répondre : « Évidemment. Quelle idée formidable ! »

Attends une minute.

Si la Connenick appartient à une association étudiante, c'est sûrement pour fréquenter d'autres mammouths comme elle. Autrement, elle serait juste une grosse fille solitaire[2].

MAIS. Je tentai d'ignorer mes préjugés, ainsi que tu me l'avais recommandé. Entreprise difficile, car non seulement j'étais obligée de me rendre à cette soirée débile, mais en plus d'y travailler. La question revenait sans cesse dans ma tête : « Que suggérerait Rita[3] ? »

---

1. Que j'ai lue quatre fois d'affilée. Tu me trouves compulsive ?

2. Avec de l'acné corporelle.

3. Flattée que je te vénère autant que Jésus ?

J'ai songé que tu me pousserais à y aller avec le sourire, même si ce n'était qu'un sourire de façade.

Tu sais combien il est difficile pour moi de nouer contact avec des étrangers. J'ai toujours cette crainte, tu te souviens ? J'imagine que les gens se moquent de moi en cachette. Et puis j'avais peur de passer pour une nulle, étant donné que je n'appartenais à aucune fraternité[1]. Je m'imaginais déjà mourir de honte, un sourire plaqué sur le visage.

À présent, la levée de fonds :

La soirée se déroulait dans une salle de concert baptisée l'Arbre Mort[2]. Dix dollars l'entrée pour voir 77 Cents, un groupe local de féministes minables, auteurs d'une poignée de chansons féministes et minables.

La salle était bondée[3]. Dès que nous sommes entrées, la Connenick s'est transformée[4]. Elle a commencé à distribuer des accolades à tout le monde et à glousser comme une dinde. Elle appelait ses copines « sœurs » d'un air emprunté[5]. Elle essayait vraiment de m'intégrer, répétant à l'envi : « Voici Harper. Elle aimerait nous aider. N'est-elle pas charmante ? »

---

1. Tous des abrutis.
2. Comme tous les arbres à Saint-Louis.
3. Normal, puisque la population de cette ville est aussi stupide que désœuvrée.
4. Sans maigrir pour autant.
5. Tu vois le tableau : vingt filles blanches qui se donnent du « sœur » comme des choristes du Cotton Club.

Les autres filles me serraient dans leurs bras en couinant[1]. Je m'escrimais à sourire mais, en vérité, j'avais les larmes aux yeux. Plus je recevais d'accolades, plus je me sentais seule. Les embrassades me paraissaient trop impersonnelles, trop sèches, trop désincarnées ou je ne sais quoi. Rien à voir avec quand tu me souhaitais la bienvenue à l'école. Là, j'avais l'impression que la douleur s'évanouissait à ton contact. Tu ne te contentais pas de m'enlacer, mais tu guérissais aussi mon âme meurtrie[2]. J'aimerais revenir à New York et sentir à nouveau tes mains sur moi. Juste une étreinte de Rita[3].

Enfin bref.

Je suis arrivée au moment où une tombola, organisée par la confrérie, débutait. La Connenick m'a aussitôt présenté une « sœur » appelée Stephanie, chargée de vendre des tickets aux losers venus écouter 77 Cents. Celle-ci possédait un nez d'une taille monstrueuse[4].

Ensuite, la Connenick s'est sauvée pour rejoindre le groupe. Je suis restée coincée avec cette espèce de phénomène de foire que je ne connaissais pas. J'ai senti la panique me gagner. Mon cœur s'est mis à battre la chamade, ma respiration s'est accélérée. Nez Monstrueux s'en est peut-être rendu compte car elle

1. J'ai sûrement attrapé quelques boutons.
2. N'hésite pas à me dire si je vais trop loin. Désolée.
3. D'accord. Là, j'ai vraiment l'air d'une lesbienne.
4. Du coup, j'ai tout de suite deviné qu'elle devait être méchante (parce qu'elle était mal née, ou mal nez – Ha ha ha !)

a tenté de me rassurer : « Ne t'inquiète pas. Je suis un patron sympa[1].

— Merci Steph », ai-je simplement répliqué.

Elle m'a alors détaillé la mission avilissante qui serait la mienne. Je devais déambuler comme une idiote parmi les spectateurs et leur refourguer des tickets. Trois dollars l'unité, cinq les deux, ou vingt pour un carnet aussi long qu'un bras[2].

J'étais mal à l'aise, obligée de vendre de la camelote à de sinistres inconnus.

Pour couronner le tout, Stephanie m'a demandé : « Tu veux rencontrer Jocelyne ?

— Qui c'est ?

— La sœur aînée de Taryn. Elle a la maladie d'Huntington. C'est pour elle qu'on est là. »

Et au lieu de refuser la deuxième pire invitation de ma vie, je me suis entendue répondre : « Évidemment. Quelle idée formidable ! »

Voilà soudain qu'une femme super bizarre se dirige vers nous en claudiquant[3].

Stephanie l'apostrophe : « Tu tombes bien, Jocelyne. Je voulais te présenter Harper, la colocataire

---

1. Moi, je pensais : « Tu n'es pas mon chef. Juste une de ces parias obligée d'intégrer une fraternité parce que tu es trop moche pour avoir des amies. »

2. Ce qui constitue l'aspect le plus gênant du travail, puisque je suis censée mesurer le bras de l'acheteur pour déterminer à quelle quantité il peut prétendre. Une initiative sexiste : les hommes ont des bras plus longs que ceux des femmes.

3. Tu as deviné : la Jocelyne en question.

de Rebecca. Elle a gentiment proposé de venir nous aider ce soir. »

Jocelyne se met à bégayer : « M... merci b... beaucoup[1]. »

Je suis restée muette car j'ignorais si je devais lui répondre ou attendre qu'elle parte. Elle a tendu une main tremblante[2]. J'étais trop flippée pour la lui serrer, alors je me suis contentée de lui adresser un petit signe. Je voyais bien que mon rejet la peinait. Moi, je pensais : arrête de trembler comme une feuille et j'accepterais peut-être de te toucher[3].

L'infirme a finalement consenti à poursuivre son chemin. Après son départ, Stephanie s'est tournée vers moi : « Ce n'était pas très poli. Elle va sûrement mourir bientôt et regarde comment tu la traites. » Puis elle m'a laissée seule avec mes carnets de tickets.

C'est là que j'ai commencé à pleurer. J'avais le mal du pays. Une sorte de nostalgie s'emparait de moi. J'avais envie de retourner dans le passé, n'importe quand. Même la pire journée de ma vie[4] était préférable à celle-ci.

Je me suis réfugiée dans les coulisses, à la recherche de ma colocataire, unique point de repère

---

1. Elle a postillonné en prononçant le b. J'ai tenté d'esquiver.

2. Comme quelqu'un qui se transforme en loup-garou, quand les os craquent et bougent sous la peau.

3. D'accord, je suis un peu méchante. Mais elle est peut-être contagieuse, non ?

4. Les seize ans de Jenny Seifert, ça te rappelle quelque chose ?

familier dans cet environnement hostile. Elle était introuvable. Le groupe se préparait à monter sur scène.

Je suis sortie de l'Arbre Mort. De toute évidence, la Connenick avait disparu. J'ai donc choisi de m'éclipser aux toilettes, en larmes. J'étais persuadée que j'allais vomir. J'ai suffoqué au-dessus de la cuvette. Seul un filet de bave a émergé d'entre mes lèvres.

Le front appuyé contre l'émail, j'ai entendu le groupe entonner ses refrains lamentables. Ils jouaient trop fort, trop vite, de façon agressive. La chanteuse hurlait : « Prisonnière de ton plafond de verre, prisonnière sans espoir ! »

J'haletais, mon cœur battait au rythme de leurs piètres brûlots tandis que j'essayais de régurgiter mon repas.

Enfin, je suis ressortie prendre l'air[1]. Animée d'une pulsion subite, j'ai entrepris de regagner ma chambre. J'ai couru, couru et couru encore, avec mes carnets de tickets à la main.

Je me sentais tellement triste, je n'en pouvais plus, alors j'ai décidé de faire quelque chose que j'envisageais depuis des mois[2].

Revenons en arrière, que je t'explique de quoi il retourne. On m'a prescrit des antidépresseurs l'été dernier. Je ne les ai pas pris car j'étais trop effrayée.

1. Ce qui est un oxymore, à Saint-Louis.
2. Je n'avais pas l'intention de me suicider, ne t'inquiète pas.

J'ignorais leur influence. Allais-je grossir ou bien subir d'autres effets indésirables ? Le nom était bizarre : Lexapro[1]. Je n'ai pas osé les utiliser, mais les ai tout de même emmenés avec moi, le flacon caché au fond de ma valise. Au cas où.

J'étais si bouleversée que j'ai préféré la prise de poids à mon malaise. J'ai donc retrouvé le flacon au fond de ma valise. J'en ai extrait une petite pilule blanche que j'ai aussitôt mise sur ma langue. Comme je pleurais, ma bouche était remplie de larmes et de morve[2]. Je n'ai pas eu besoin d'un verre d'eau pour avaler.

J'ai poussé un grand soupir, dans l'attente du soulagement. Recroquevillée tout habillée sur mon lit, j'ai tenté de trouver le sommeil. Il s'est alors produit un événement singulier. J'ai commencé à avoir la tête qui tournait, à frissonner. Mes tremblements étaient incontrôlables.

Immédiatement, j'ai regretté d'avoir avalé un Lexapro. Je me suis juré qu'on ne m'y reprendrait plus. Mon organisme est très sensible et ce médicament avait une portée dévastatrice.

Je craignais de perdre la vie. Voilà comment l'on se sent lorsqu'on meurt, pensai-je.

J'étais dans un état pas possible : je grelottais comme si j'étais frigorifiée, alors que je transpirais sous mes habits. Tout mon corps était tétanisé. Je

1. On dirait un dinosaure féroce, genre Tyrannosaure Lexapro.
2. Dégoûtant, je sais. J'essaie de décrire la situation sans fard.

me suis demandé si cela ressemblait à la maladie de Huntington, quand votre propre corps vous échappe sans cesse. J'imaginais que Jocelyne devait éprouver des sensations analogues aux miennes. J'ai soudain regretté de ne pas lui avoir serré la main. J'aurais tant voulu ressentir un contact physique pour apaiser mes spasmes.

Je ne pensais pas en arriver à cet extrême, mais je me suis surprise à déplorer l'absence de la Connenick[1].

Je ne sais pas combien de temps a duré mon calvaire. Il m'a semblé qu'il s'était écoulé plusieurs heures avant que la porte s'ouvre et que j'entende les cuisses de la Connenick frotter l'une contre l'autre tandis qu'elle entrait dans la pièce.

La violence de la lumière a été une délivrance.

« Harper ? a demandé ma colocataire, la mine soucieuse.

— Ouais ?

— Je me suis fait un sang d'encre pour toi.

— Ah bon ? ai-je dit, étonnée.

— Nous étions toutes mortes d'inquiétude. Tu es partie sans rien dire à personne. Tu vas bien[2] ? »

---

1. Interdiction d'utiliser cette faiblesse contre moi, d'accord ?

2. Et moi qui croyais qu'elle m'en voudrait d'être partie avec les carnets de tickets, d'avoir quitté l'Arbre Mort sans prévenir Stephanie ou de mon impolitesse vis-à-vis de Jocelyne, à l'article de la mort. En fait, non. Elle était juste inquiète pour moi. Déconcertant.

Je tremblais si fort. Aujourd'hui encore, je n'arrive pas à croire que j'aie prononcé ces paroles : « Tu peux me tenir dans tes bras ? »

Sans un mot, la Connenick s'est approchée du lit, puis elle s'est allongée et a passé un bras autour de moi. Je crois qu'elle s'est aperçue que j'avais pleuré, parce qu'elle a chuchoté : « Ça va aller. »

J'étais à deux doigts de l'appeler Connenick, mais je me suis retenue au dernier moment. « Merci, Rebecca.

— Pas de problème.

— Pourquoi est-ce que tu es gentille avec moi ?

— Nous sommes sœurs. »

J'ai trouvé sa réflexion étrange. D'abord, je n'appartiens pas à sa confrérie. Et ensuite, nous ne sommes pas deux choristes noires dans une église de Harlem. J'ai recommencé à sangloter. Pour la première fois depuis que j'avais intégré cette fac à la noix, le mal du pays s'atténuait.

Le visage enfoui dans les bourrelets de la Connenick, au creux de son ventre, j'ai laissé la paix m'envahir.

La Connenick m'a serrée plus fort. Une étreinte authentique, sensible. Une étreinte qui me donnait envie de rester dans ses bras pour l'éternité, de changer de vie pour lui ressembler. Bien que ce soit une grosse conne de vache à bouclettes[1], ses câlins me paraissaient indispensables.

---

1. Avec de l'acné corporelle et une mauvaise haleine.

Je parie que tu t'attendais à une saillie vicieuse et cruelle[1] pour finir cette lettre, mais je me sens plutôt bien, à l'heure actuelle.

J'espère qu'il en est de même pour toi, Rita.

Avec tout mon amour[2],
Harper Jablonski.

1. Nous avons tout le temps pour cela…

2. Ne m'en veux pas pour ce terme, Rita. Je n'ai pas de tendances homosexuelles. Je suis juste submergée par les sentiments.

5 octobre

Chère Rita,

C'est enfin arrivé. Je suis tombée amoureuse hier !

Tout a commencé comme un conte de fées. Malheureusement, l'histoire ne s'est pas terminée par « Et ils vécurent heureux[1] ».

J'ai aimé et j'ai perdu ce que j'ai aimé, Rita. Tu connais les mots de Tennyson : « Mieux vaut avoir aimé et perdu ce qu'on aime que de n'avoir jamais connu l'amour. » Depuis hier soir, je ne suis plus du tout d'accord avec lui[2].

Laisse-moi t'expliquer ce qui s'est passé.

Hier, j'étais en cours de macroéconomie. Comme il se déroule tôt, j'avais du mal à rester éveillée. En plus, il s'agit d'un cours magistral. Le truc super barbant.

---

1. Sauf si ce conte s'intitule *Le Petit Chaperon rouge*, auquel cas un loup m'a effectivement mangée.

2. Je sais, cela ne se fait pas de contester la parole d'un écrivain de cette stature, mais écoute mon histoire avant de conclure.

La prof est une petite Indienne avec un accent à couper au couteau[1] et aucun sens de l'humour.

Elle parlait d'un problème incompréhensible qui consistait à choisir entre des armes et du beurre[2]. Quand elle nous a demandé ce que nous ferions si nous étions à la tête du pays, j'ai levé la main. « J'opterais pour les armes car, grâce à elles, on peut envahir les pays voisins pour leur prendre leur beurre. » L'enseignante a eu un petit sourire amusé, comme si j'avais fait une plaisanterie[3] puis elle a poursuivi : « Quelqu'un d'autre ? » Voilà alors que ce garçon, d'habitude discret, lève à son tour la main.

« Oui, Ryan ?

— Je crois que Harper a soulevé un problème intéressant. Une nation armée contrôle les ressources, même si cela implique le recours à la force.

— Harper et Ryan feraient une bonne équipe, a souri l'Indienne. Leur raisonnement n'est pas sans précédents historiques. »

Elle a continué avec ses histoires d'armes et de beurre, alors j'ai fait ce que je fais en général : je me suis mise en mode veille et j'ai laissé vagabonder mon esprit[4].

1. Comme si la macroéconomie n'était pas déjà assez dure à comprendre.

2. Désolée d'être assommante dès le début, Rita.

3. Ce qui n'était pas le cas. Je continue à penser que mon idée était bonne.

4. Désolée de paraître si désinvolte. Je prends ce cours à la légère car je sais que je n'y excellerai pas de toute manière.

Il s'est soudain produit une chose étrange, Rita. Ce garçon, Ryan, s'est imposé à mes rêveries.

Peut-être qu'en effet, nous ferions une bonne équipe, ai-je songé. Je n'avais jamais envisagé mon camarade sous cet angle mais je commençais maintenant à lui trouver des qualités[1].

J'ai sérieusement divagué, Rita. Le cours durait deux heures et j'en ai zappé la plus grande partie, obnubilée par mon nouveau partenaire, Ryan.

J'avais des fourmillements au niveau du vagin, genre : « Holà, qu'est-ce que tu fabriques, là-dessous ? J'ignorais que tu pouvais faire des trucs pareils ! » J'avais presque envie d'uriner, mais la sensation était délicieuse. Des décharges électriques parcouraient mon organisme, de mon bas-ventre à mon cœur. Je ne pouvais pas quitter Ryan des yeux. Il venait de se transformer en une créature nimbée d'une beauté radieuse.

Assise dans cette classe, j'ai imaginé l'existence que nous pourrions mener ensemble.

---

1. D'accord. Laisse-moi préciser un point important : je n'ai toujours pas de petit ami. Tu te souviens sûrement qu'au lycée j'étais encore vierge. Eh bien, devine quoi ? Je n'ai pas changé de club ;-). J'aurais pu perdre mon pucelage un million de fois, mais cela n'est jamais advenu. J'ignore pourquoi. En fait, aucun garçon ne m'a jamais embrassée. Sauf une fois, en cinquième, quand cet idiot de Russe, Alexy, m'a pourchassée sur le parking pour déposer un baiser sur ma tête. Davantage une attaque qu'un câlin :(. Sans compter qu'il a prononcé quelques mots dans son horrible langue avant de partir d'un rire tout aussi horrible.

Premier rendez-vous :

Il serait romantique, mais se conclurait sans activité physique excessive[1]. Je jouerais de mes charmes[2]. Nous irions dans un restaurant italien style Romano[3]. Je commanderais un plat raffiné. Du saumon, par exemple. Un poisson facile à manger car dépourvu d'assaisonnement. Les pâtes sont à proscrire lors d'un rendez-vous galant : on s'en met plein la bouche et la sauce déborde. Ryan, lui, opterait pour un steak, plat viril par excellence. Il me reconduirait chez moi après le repas. Au moment de descendre de voiture, il poserait la main sur ma nuque. Un contact magique. Tu connais la suite.

Il se pencherait[4]. Je le laisserais déposer un baiser vif et léger sur mes lèvres. Il dirait : « J'ai passé une soirée merveilleuse, Harper. » Je me contenterais de sourire en silence. Pas de « moi aussi », non. Juste un sourire. Peut-être que je mordillerais mes lèvres aguicheuses d'un air mystérieux, histoire de susciter la curiosité chez lui. A-t-elle apprécié cette sortie ? Me trouve-t-elle agréable ? Qui est-elle ?

---

1. Non pas que je sois prude, mais les mecs ont tendance à devenir vulgaires quand on leur en accorde trop dès le premier soir.

2. C'est-à-dire que je serais séductrice, pas allumeuse.

3. Il y en a deux à Saint-Louis. Le premier est un véritable bouge, le second est honnête. Nous irions dans le second, évidemment.

4. Moi pas. Aucune envie de passer pour une fille facile.

Deuxième rendez-vous :

Ryan m'inviterait à passer l'après-midi chez lui avec des amis[1]. Ce serait un dimanche. Je m'installerais sur le canapé tandis que ses copains joueraient aux jeux vidéo en buvant des bières[2]. À un moment donné, Ryanounet me prendrait la main. Nous entrelacerions nos doigts. L'un de ses amis dirait une imbécillité, alors Ryan et moi échangerions un regard. Il lèverait les yeux au ciel et je l'imiterais. Lorsqu'il proposerait une balade en tête à tête, nous sortirions en nous tenant la main. Le sentiment d'intimité serait renforcé par la certitude de savoir ses amis toujours à l'intérieur, devant leur écran. Ils nous trouveraient super cool d'avoir une liaison secrète et de nous éclipser ainsi pour nous promener ensemble. Ryan se lancerait : « Je t'aime beaucoup. » Et cette fois-ci, je répondrais : « Moi aussi, Ryan[3]. »

Après la balade, nous rentrerions à la maison, passerions devant ses amis et monterions à l'étage, dans sa chambre. Mon cœur battrait la chamade à la perspective de ce qui allait suivre. Il m'enlacerait, m'embrasserait, puis nous tomberions sur le lit, où

1. Il habiterait avec d'autres mecs en dehors du campus, dans une maison un peu défraîchie.

2. Tellement cliché. Mais charmant, tu ne trouves pas ?

3. Malgré tout, j'éviterais de répliquer : « Moi aussi je t'aime beaucoup. » Je dois m'en tenir à certains standards, sinon je deviendrais l'une de ces cruches que Ryan peut trouver n'importe où.

nous commencerions à nous peloter. Ce serait merveilleux. Je le laisserais toucher mes seins[1], mais par-dessus la chemise. Il essayerait de faufiler la main sous l'étoffe et je le couperais dans son élan : « Peut-être une prochaine fois, monsieur[2]. »

Troisième rendez-vous :

On ne pourrait pas appeler ça un rendez-vous à proprement parler, Rita. Disons plutôt une cérémonie d'adieu. À ma virginité. Bye-bye, connasse ! J'autoriserais Ryan à me prendre, à me posséder. D'abord, il me textoterait en pleine nuit :

RYAN : *Tu fais quoi ?*
MOI : *Rien. Je glande.*
RYAN : *Tu veux passer ?*
MOI : *Bien sûr.*

Quelle proposition romantique, Rita ! Je sortirais du dortoir en catimini, sans éveiller la Connenick, sans attirer l'attention des surveillants, puis je courrais jusque chez Ryan. Sur la façade, une seule lumière allumée, celle de sa chambre. L'élu de mon cœur m'y attendrait. Il aurait déjà pris sa douche.

J'enverrais un caillou sur le carreau de sa fenêtre. Il descendrait m'accueillir. Nous monterions dans sa

---

1. L'obsession des mecs, apparemment.
2. Bien envoyé, non ?

chambre en silence[1], main dans la main. Nous nous allongerions sur le lit. Sans attendre, il poserait la main sur ma poitrine[2], embrasserait chaque parcelle de mon corps, Rita.

Il se redresserait, essoufflé. « Puis-je entrer en toi, Harper ?

— Accès accordé, Ryan. »

Alors il me baiserait pendant des heures, jusqu'au sang. Au diable les draps souillés ! Nous ferions la lessive le lendemain et gratterions ensemble les restes desséchés de mon hymen.

Nous nous verrions quotidiennement pendant plusieurs semaines et, un jour, je lui avouerais avoir du retard. Ryan apaiserait mes inquiétudes en me prenant la main : « Je l'ai fait exprès, Harper. Je veux fonder une famille avec toi. »

Nous emménagerions ensemble. Je me débarrasserais enfin de la Connenick et Ryan larguerait ses imbéciles de colocataires. Nous trouverions un endroit sympa, pas loin du campus, pour élever nos enfants. Après avoir obtenu notre diplôme, je resterais à la maison tandis qu'il grimperait les échelons dans le monde de l'entreprise[3].

---

1. Les paroles seraient inutiles.

2. Et cette fois, je le laisserais faire. Une promesse est une promesse.

3. Je sais ce que tu penses : nous ne sommes plus dans les années 1950, ma pauvre Harper. Mais que veux-tu, je suis attachée aux traditions. Je désire une vie conventionnelle avec Ryan. Qu'importe si elle manque de piment ou je ne sais quoi. J'ai

Ah, Rita, quel enchantement ! Je serais comblée. Si seulement tout ceci reflétait la réalité. En vérité, voici comment les choses se sont déroulées :

Je suis allée à sa rencontre à la fin du cours[1].

MOI : Salut Ryan.

RYAN *(cherchant manifestement à me situer)* : Salut… *(Il ne se souvient pas de mon nom.)*

MOI : Harper.

RYAN : Salut, Harper.

MOI : Tu fais quoi après le cours ?

RYAN : Tu veux dire maintenant ?

MOI : Oui *(rire aguicheur)*. C'est ça, maintenant.

RYAN : Je dois aller chercher ma copine au travail. Pourquoi ?

MOI : Oh, rien. Passe une bonne journée. À bientôt. *(Je m'éloigne.)*

Fin du spectacle[2].

---

besoin d'une existence d'Américaine moyenne, normale. Oui, je veux la clôture en piquets blancs. Oui, je veux deux enfants et demi. Et oui, je veux le break Espace, le sèche-linge et la sauce sur la dinde de Noël. Je me moque de paraître vieux jeu. Mes enfants connaîtront leur mère, Ryan s'épanouira dans son travail. Désolée, Ally McBeal, vraiment désolée :(.

1. Dans mon esprit, nous étions déjà mariés. Mon comportement a dû lui sembler un peu étrange. Mon expression était sans doute celle d'une mère au foyer qui se prépare à se jeter dans les bras de son époux de longue date. Son expression à lui était celle d'un étudiant abordé par une folle à la fin d'un cours d'économie.

2. Et fin de ma vie. Voilà comment tout se termine, son beurre alléchant s'étant transformé en arme.

Oh, Rita ! Je me suis sentie tellement ridicule. Où avais-je la tête ? Quelle honte ! J'ignore ce qui m'a pris. Il ne se souvenait même pas de mon nom ! Je ne représentais rien pour lui. Rien. En plus, il avait déjà une petite amie.

J'ai vécu le moment le plus humiliant de ma vie. J'aurais voulu disparaître sous terre. Littéralement disparaître. Genre morte et enterrée, dans un cercueil en compagnie des vers.

Et comme je songeais à rentrer chez moi pour me suicider, un déclic s'est produit. Un sentiment étrange, inédit. Ryan s'éloignait dans le couloir et je me rendais brusquement compte que je n'avais aucune envie de sortir avec lui[1].

J'ai alors remarqué des défauts qui m'avaient échappés. D'abord, il s'habillait comme un clodo. Pantalon lâche, taille basse[2]. Ensuite, son front se dégarnissait[3]. Il avait mis du gel dans ses cheveux pour les rabattre en avant. Qui crois-tu tromper, Ryan ? Tu vas perdre tous tes tifs, tronche de cake. Et tu prendras du poids. Comme tu seras trop moche pour avoir une copine, tu compenseras avec la nourriture et tu vireras gros lard.

Je ne peux pas croire que j'ai failli tout sacrifier pour *ça*. Ma précieuse virginité pour ce blaireau, ce

---

1. En fait, je venais d'esquiver une méchante balle.

2. À mon avis, il l'avait acheté grâce à une machine à remonter le temps.

3. Ha ha ha ! Il devient chauve !

chauve adipeux. Et sa copine travaille ? Quel âge a-t-elle ? Au moins soixante ans, je parie. Une vieille hippy qui met des gaines-culottes et qui a baisé trop de mecs durant sa longue existence. Le genre de femme blanche à porter des dreadlocks et à avoir du poil sous les bras. Ryan a probablement chopé un tas de MST. Je devrais sans doute avertir son amie, mais je suis sûre qu'elle est déjà au courant, vu que c'est elle qui lui a filé ces maladies. « Je dois aller chercher ma copine au travail. » Il va probablement au bordel[1].

Une fois que j'ai compris à quel point Ryan constituait un mauvais parti, je me suis sentie beaucoup mieux. Tout mon corps s'est détendu. Imaginer notre vie ensemble m'avait permis d'évaluer l'ampleur du désastre, si j'avais effectivement partagé ma vie avec « Ryan ».

En vérité, Rita, certaines personnes sont condamnées au célibat parce qu'elles sont trop répugnantes pour qu'on les aime. D'autres parce qu'elles sont exceptionnelles et trop indépendantes[2].

---

1. Vu que sa copine se prostitue.

2. Je n'ai pas besoin d'un homme pour m'accomplir. Excusez-moi, les garçons, je me passe très bien de votre compagnie. Je sais qui je suis, j'ai cerné mes désirs. Désolée de vous faire peur. Ma liberté forcenée. Ma volonté d'acier. J'ambitionne d'être comme Eleanor Roosevelt ou Janis Joplin : une battante qui ne s'en laisse pas conter par la gent masculine. Je vivrai seule. Je ne ressemblerai pas à une lesbienne affligée d'une coupe en brosse et d'une mauvaise haleine, mais à une belle femme, maîtresse de son corps. Inutile d'avoir un homme pour m'expliquer ce que je

Cela s'appelle mûrir, Rita[1]. J'ai enfin pris conscience de mon identité.

Je suis une femme.

Entends mon cri[2].

Solidairement,

Harper Jablonski[3].

---

peux ou ne peux pas faire. Surtout s'il s'agit d'un pauvre type démodé tel que Ryan, prisonnier d'un passé révolu.

1. Mûrir dans le sens de grandir, pas de vieillir.

2. À ne pas prendre au pied de la lettre, ne soyons pas vulgaire ;-).

3. Je garderai mon nom de jeune fille. Aucun compromis phallocrate ne sera toléré !

18 octobre

Chère Rita,

Il arrive que la situation paraisse désespérée sous un certain angle, alors que sous un autre angle, il n'en est rien[1].

J'ai vraiment passé une drôle de soirée, cette semaine. J'ai beaucoup pensé à mes parents, à ma vie, à mon avenir[2].

Enfin bref, voilà comment les choses se sont déroulées :

La Connenick n'a pas cours le mercredi[3], on se contentait donc de glander dans la chambre[4]. Ma colocataire me montrait une vidéo immonde, où un

---

1. Tu connais ce sentiment ?

2. Le temps passe vite, si l'on y réfléchit bien. Tu ne te voyais sans doute pas vieillir quand tu avais mon âge, n'est-ce pas ?

3. En fait, elle n'a jamais cours (parce que c'est une conne, tu comprends ?).

4. Je dois dire que la Connenick est assez sympa ces derniers temps. On s'entend relativement bien. Elle n'est pas si lourdingue que ça.

serpent mangeait un crocodile. J'étais tellement horrifiée que je ne pouvais détacher mes yeux de l'écran.

Juste avant la fin du film, on a frappé à la porte. De petits coups guillerets, comme lorsqu'on rythme un début de message en espérant que l'autre va répondre sur le même ton.

Lorsque la Connenick est allée ouvrir, j'ai aperçu un couple de vieux très moches, aussi gros qu'elle, sur le seuil. Ils arboraient un sourire idiot.

« Oh mon Dieu ! s'est-elle écriée. Qu'est-ce que vous faites là ?

— On voulait te faire la surprise, ont dit les vieux. On t'invite à dîner. »

Les trois monstres se prenaient la main, sautillaient de concert. Je me suis rendu compte que j'avais devant moi M. et Mme Connenick.

Le père ressemblait au chef de *Cauchemar en cuisine*, en plus vilain, en plus sémite, et sans la toque. La mère était le portrait craché de sa fille, si tant est que celle-ci continue à grossir et à s'enlaidir sans jamais rien faire pour remédier à la situation.

La Connenick a pris la parole : « Papa, maman, je vous présente mon amie, Harper[1]. »

J'ai salué le couple. Le père m'a adressé un sourire jusqu'aux oreilles. « Voilà donc la fameuse

---

1. D'accord, pas de quoi en faire un plat, mais elle a dit *amie*, pas *colocataire*. Je me suis sentie tellement fière, Rita. Une amie est quelqu'un qu'on choisit, tandis qu'une colocataire est plus ou moins imposée.

Harper ! » Et la mère d'expliquer : « Rebecca nous a tellement parlé de toi ! »

Je me suis contentée d'acquiescer, car elle n'a pas précisé si sa fille s'était exprimée en termes favorables ou défavorables à mon sujet.

La Connenick a alors demandé si je pouvais me joindre à eux pour dîner. « Bien sûr ! a approuvé le paternel, avant d'ajouter d'une voix de vampire : nous sommes venus pour vous deux, ha, ha. »

La Connenick a poussé un cri porcin, puis enlacé ses géniteurs : « Je suis tellement contente ! »

Quand nous sommes arrivés à la voiture des Connenick, le père a proposé : « Jill et moi avons pensé à l'Olive Garden. Ça vous va ?

— Je veux, mon neveu[1] ! » s'est exclamée leur fille, esquissant un pas de danse.

Durant tout le trajet, les Connenick ont parlé en même temps. Ils semblaient si enthousiastes. On aurait dit qu'ils ne s'étaient pas vus depuis des années. J'essayais de toutes mes forces de les haïr mais leur complicité ne faisait qu'exacerber le manque familial. J'étais furieuse après mon père et ma mère. Ils ne songeraient jamais à passer à l'improviste[2]. Les Connenick ont demandé à leur fille comment allaient les études. Ils connaissaient les

1. Comme si on lui avait proposé un ticket de loto gagnant.

2. Bon, c'est vrai que mes parents vivent beaucoup plus loin que les siens. Mais même si la fac était au coin de leur rue, ils ne prendraient pas l'initiative d'une visite surprise. Ils n'ont jamais

noms de tous ses professeurs, ainsi que ses résultats. J'avais l'impression d'être dans la quatrième dimension. Mes parents ne savaient même pas quel cursus je suivais.

Il y avait de l'attente à l'Olive Garden. On nous a donné un vibreur[1] censé nous prévenir quand la table serait prête. En attendant, la Connenick a continué à manifester son contentement. Elle était ravie de manger dans ce restaurant. « Je suis tellement impatiente de goûter leurs pâtes à la bolognaise », disait-elle. Ou bien : « On devrait commander du pain azyme. Vous savez, en plus du menu[2]. »

Elle a ajouté : « Devinez ce que j'aime, dans ce restaurant. »

Et les parents de répondre à l'unisson : « Le gressin a volonté ! »

Elle a alors poussé l'un de ses grognements de phacochère dont elle a le secret[3].

Ils m'ont demandé ce que j'appréciais. J'ignorais quoi répondre car je ne connaissais pas la carte. Je me suis contentée d'un « je n'aime pas vraiment la

---

rien accompli de spontané, d'imprévu ou d'intéressant sans le faire ostensiblement remarquer, tu vois le genre ?

1. L'objet qui se rapproche le plus d'un amant pour la Connenick.

2. Bien sûr, c'est la faute du menu s'il n'y a pas assez à manger.

3. Je songeais de mon côté que la combinaison entre les Connenick et le gressin à volonté provoquerait la faillite de l'Olive Garden.

cuisine italienne ». Je ne sais pas ce qui m'a pris, Rita, d'autant plus que je n'ai rien contre les plats transalpins. La nervosité m'embrouillait l'esprit.

Les parents ont semblé déçus. « Tu voudrais aller ailleurs, Harper ? » J'aurais dû répondre : « Non, tout va bien. En fait, j'adore ce type de restaurant », mais j'ai répliqué : « Oui, je veux bien. »

Heureusement pour moi, le vibreur s'est activé à ce moment-là. Notre table était prête. Le père de la Connenick a tranché : « Restons ici pour ce soir. Nous te laisserons choisir la prochaine fois. » Cette attention m'a touchée. Elle impliquait qu'ils comptaient remettre ça en dépit de ma maladresse[1].

Je dois avouer que le repas était plutôt agréable. Les Connenick étaient des gens très drôles. Pas un instant ils ne m'ont exclue de la conversation. Le père a raconté son voyage à vélo dans la communauté amish, où il a résidé chez l'habitant. La mère, quant à elle, a évoqué son club de lecture. Sa description de l'ambiance puérile au sein du club ne manquait pas de piquant. Elle avait l'impression de se retrouver en cours d'anglais au lycée, dans une classe remplie d'élèves ultrasensibles et disposés à en découdre.

---

1. À la réception, un panneau indiquait : « Quand vous êtes à l'Olive Garden, vous êtes en famille. » Vu que je mangeais à ce restaurant, j'imaginais faire partie de la famille Connenick. Une idée agréable, bien que je répugne à partager leur lignage : cela me condamnerait au surpoids et à la laideur.

Mes parents, eux, se parlent à peine. Les activités distrayantes ne figurent pas au programme. Mon père rentre tard tous les soirs. Quand ma mère ou moi lui demandons comment s'est déroulée sa journée, il s'agace aussitôt. « Ne pourrait-on pas discuter d'autre chose ? » Ma mère, de son côté, méprise ses amis. De plus, il ne lui viendrait jamais à l'esprit de s'inscrire à un club de lecture. Elle serait obligée d'ouvrir des livres, ce qu'elle déteste.

Les Connenick respiraient un bonheur authentique, alors que mes parents s'appliquaient juste à en sauver les apparences. J'étais troublée. Les Connenick paraissaient satisfaits de leur vie, de leur famille. Je n'avais jamais cru cela possible jusqu'à présent[1].

Ils se sont intéressés à moi, m'ont demandé si j'aimais la fac, ce à quoi j'ai répondu non. « La première année est toujours difficile, m'ont-ils assuré. Tu n'as pas forcément besoin de l'apprécier. » Étrange philosophie, ai-je songé. Pourtant, leur conseil m'a réconfortée[2].

Cette soirée était merveilleuse, Rita. Je me sentais dans la peau d'une véritable Connenick. Après

---

1. La sympathie que j'éprouvais à leur égard n'atténuait pas le dégoût qu'ils m'inspiraient en mangeant. Tu as déjà été à la ferme, Rita ? Tu as déjà vu les cochons bâfrer dans leur auge et se rouler dans leurs excréments ? Eh bien voilà à quoi ressemblaient les Connenick devant leurs spaghettis bolognaise.

2. Quand j'avais dit à ma mère que je détestais l'école, elle s'était énervée : « On paie pour que tu y ailles, tu ferais mieux de t'y plaire. » J'avais eu envie de l'envoyer se faire voir.

le dessert[1] et le café, les parents ont payé l'addition et nous ont remerciées de les avoir accompagnés : « Nous sommes tellement heureux de vous voir, les filles. Quelle joie ! »

Je t'assure, Rita, je n'ai pas arrêté de bavarder durant tout le chemin du retour. Incroyable. Moi qui, d'habitude, ne desserre pas les lèvres en présence de gens que je ne connais pas, effrayée à la perspective de dire une bêtise ou bien que l'on m'interroge sur un sujet que je ne maîtrise pas. Ce soir-là, j'étais intarissable. J'ai raconté des choses auxquelles je n'avais encore jamais réfléchi, comme la profession que j'aimerais exercer après les études[2]. Je leur ai même parlé de toi, Rita[3].

Ils nous ont déposées à la cité universitaire. Nous avons eu droit à une accolade chacune, puis le père m'a complimentée : « Je suis content que tu prennes soin de ma fille. » Je n'en croyais pas mes oreilles. Moi, je prenais soin d'elle ? J'ignore s'il était sérieux, mais un extraordinaire sentiment de fierté m'a envahie. Je ne m'étais jamais souciée de personne et voilà tout à coup que je m'occupais de la Connenick. Je me suis sentie importante et indispensable. Adulte.

---

1. Tiramisu et cannolis, en plus du menu.

2. J'ai évoqué la mode sans savoir pourquoi. J'étais tendue, je trouvais que ça sonnait bien.

3. J'ai simplement raconté que j'avais une sorte de guide, au lycée. « Une personne secourable », ont-ils estimé. Pas mal, hein ?

Nous sommes montées à notre chambre. Je ne pouvais m'empêcher de sourire. J'avais envie de prendre une douche pour gommer de mes cheveux l'odeur de l'Olive Garden[1]. Cependant, mue par un élan d'affection, j'ai voulu céder la priorité à la Connenick. « Avec joie, a-t-elle répondu. Merci de me le proposer, Harp[2]. »

Munie d'une serviette, d'un savon et d'une brosse à dents, elle a disparu dans la salle de bains. Je suis restée seule dans la chambre. Mon regard s'est posé sur les objets que nous avions en commun : la cafetière, le micro-ondes, le mini-réfrigérateur avec l'inaltérable tache de café sur la porte, le grille-pain, la poubelle, nos assiettes achetées à la quincaillerie et nos fourchettes en aluminium. Le tableau où l'on avait griffonné au feutre vert fluo : *la cafetière est foutue*.

J'ai ensuite regardé les affaires de la Connenick : son fer à lisser, son recourbe-cils, son pot de Nutella à moitié vide, ses tickets de concert, son cadre en liège avec les photos de ses amies moches.

Puis les miennes : mes livres d'anthropologie, mon ordinateur orné d'une pomme ensanglantée en lieu et

---

1. Un mélange de tagliatelles à la sauce Alfredo et de marinara bon marché.

2. Elle a employé un diminutif. On ne m'avait jamais donné de petit nom avant, et si l'on m'avait suggéré d'en trouver un la semaine dernière, j'aurais trouvé l'idée ridicule. J'aimais bien Harp.

place du traditionnel logo d'Apple, le plaid aux couleurs fanées que j'avais rapporté de la maison, mon T-shirt *Dance Street* XXL, et mes plats discount du Wal-Mart.

Peut-être serais-je heureuse de partager mes possessions avec la Connenick, plutôt que de tout garder pour moi. Peut-être aurais-je davantage de satisfaction à lui laisser mes nouilles orientales qu'à les manger moi-même[1].

J'ai essayé de penser à mes parents de façon objective. Comme si j'étais une tierce personne au lieu d'être leur fille. Ces méditations m'ont rendue furieuse. Ils savaient à quel point je me sentais seule loin de chez eux et pas une fois ils n'avaient tenté d'améliorer les choses, pas une fois ils ne s'étaient souciés de mon bien-être. Quand je leur avais demandé s'ils comptaient venir me voir, ma mère avait décrété que j'avais besoin de « couper le cordon pendant quelques mois[2] ».

Après cette soirée en compagnie des Connenick, je me sentais plus aimée, plus acceptée que dans ma propre famille au cours des dix-huit dernières années.

---

1. Un raisonnement spécieux, d'accord. Genre : « Serais-je heureuse de laisser mes nouilles à quelqu'un d'autre ? » Cependant, j'avais l'intuition de parvenir à retirer une certaine satisfaction du bonheur de la Connenick. Bizarre.

2. Ce qui signifiait qu'elle n'avait aucune intention de me rendre visite.

Ma colocataire est sortie de la salle de bains, une serviette autour de la tête, tel un musulman[1]. Son corps était rouge écrevisse à cause de l'eau chaude. Elle était grosse. J'étais gênée d'avoir une camarade de chambre avec autant d'embonpoint. Je n'avais pas envie que les gens m'assimilent à elle, qu'ils pensent que j'étais grosse par association d'idées. Je me suis tout de suite rendu compte que mes pensées étaient peu charitables. Et probablement inexactes.

« Tu veux qu'on finisse de regarder la vidéo avec le serpent ? » a suggéré la Connenick.

Excitée par cette perspective, j'ai aussitôt oublié son surpoids. Ce clip m'était complètement sorti de l'esprit.

La Connenick a ouvert son ordinateur. On avait arrêté le film aux deux tiers. Elle a appuyé sur lecture.

C'était dégoûtant, Rita. Le reptile a entièrement avalé le crocodile[2]. J'aurais voulu le haïr, mais j'ai estimé qu'après tout ce n'était pas mes affaires.

Un coup d'œil à la Connenick m'a confirmé qu'elle était aussi écœurée que moi. Sourire en coin, je me suis imaginée dans la peau du serpent : j'aurais vu deux filles, la mine révoltée, en train de m'observer tandis que je gobais un crocodile. Aux yeux du reptile, la Connenick et moi devions beaucoup nous

---

1. Une remarque raciste ? Je ne pense pas. Elle ressemblait vraiment à un musulman.

2. Vision d'horreur : je devinais la silhouette de la victime à l'intérieur du corps de son prédateur.

ressembler. Le serpent penserait sûrement que nous étions de la même famille. Il n'aurait sans doute pas tort. La Connenick et moi entretenons en effet un lien de parenté.

Le sens de la vie réside peut-être dans cette quête, qui consiste à trouver des familles de substitution un peu partout. Cette année, la Connenick et moi appartenons à une lignée identique. L'année prochaine, ce sera au tour d'une autre colocataire.

Plus que jamais, j'avais l'impression d'être à la fois isolée et en bonne compagnie. Cela signifiait que je pouvais adopter n'importe qui, mais aussi que personne n'était irremplaçable.

Excepté toi, Rita. Merci.

Affectueusement,
Harp[1].

1. Uniquement la Connenick et toi avez le droit de m'appeler ainsi ;-).

7 novembre

Chère Rita,

Je songeais à te laisser un peu tranquille, cependant il m'est arrivé une chose horrible. J'ignore si je dois aller à la police, acheter un pistolet ou que sais-je. Je n'ai encore parlé à personne de cette affaire[1], mais je ne peux plus me taire.

J'ai peut-être été agressée sexuellement par un professeur[2].

Je vais tout te raconter depuis le début, tu comprendras ainsi comment les événements se sont enchaînés.

Je suis un cours d'initiation à l'anthropologie. *Grosso modo*, nous étudions les différences culturelles à travers le monde et les raisons pour

1. Sauf à toi, à qui je m'apprête à dévoiler la vérité. Je t'en prie, garde le secret tant que nous n'avons pas décidé de la marche à suivre.

2. Je ne veux pas t'effrayer. Il s'agit pourtant de la stricte vérité. Eh oui, bienvenue à la fac, Harper.

lesquelles les étrangers sont bizarres[1]. Mon prof est un jeune gars qui s'évertue à paraître cool. Il s'habille avec des chemises en flanelle cool, des jeans cool, et s'est laissé pousser les cheveux jusqu'aux épaules. J'imagine qu'il est séduisant : les autres filles de la classe ont un orgasme dès qu'il prononce leur nom[2].

Il s'appelle M. Garrett. Surnommons-le X pour les besoins de cette missive. Un procès ou des poursuites en diffamation sont toujours possibles.

Les trois derniers cours portaient sur les mutilations génitales féminines (MGF). La pratique la plus répugnante dont j'aie jamais entendu parler[3]. De vilains Africains tailladent le vagin de pauvres filles. Ils le font pour la plus immonde, la plus égoïste des raisons : parce que les sensations sont meilleures quand ils plongent leur monstrueux pénis dans l'étroit conduit meurtri de leurs victimes.

Les hommes sont effrayants, Rita. Tout en eux est affreux, répugnant. Depuis ma « confrontation » avec X, j'ai envie de couper toutes les verges qui passent à ma portée et de les enfoncer dans les orbites de leur propriétaire[4].

---

1. Un terme inadéquat, m'a-t-on dit.

2. J'ai même entendu cette garce de Sarah Stein déclarer : « J'aimerais tellement le baiser. » Et lui, c'est toujours elle qu'il interroge. Le truc super énervant.

3. Tu connais ? Renseigne-toi, si tu ne crains pas de vomir.

4. Un acte de violence explicite, je sais. La tentation est pourtant forte concernant X.

Le plus effarant de toute cette histoire est que X nous a obligés à faire une rédaction sur les bienfaits de ces mutilations[1]. Nous devions utiliser ce que nous avions appris des cultures étrangères et de leur spécificités pour défendre l'excision. Je n'en croyais pas mes oreilles.

Quand il a demandé si nous avions des questions, j'ai levé la main. Sarah Steinconne m'a imitée. J'allais interroger le professeur sur l'impossibilité de légitimer de tels actes, mais il a préféré donner la parole à Steinconne. Cette tête à claques s'est inquiétée de la longueur de la dissertation. Pouvions-nous écrire autant que nous le voulions ou y avait-il un nombre de pages à respecter[2] ?

« Pas de limite, a répliqué X. Argumente autant que tu le jugeras nécessaire, Sarah. »

J'ai donc regagné ma chambre, résignée à travailler sur ce devoir que j'aurais dû refuser avec la dernière énergie.

La Connenick était là, en train de lire *La Légende de Beowulf.* Nous nous entendons super bien depuis qu'elle s'est calmée et que j'ai appris à être plus tolérante[3].

---

1. Oui, tu as bien lu. Il nous a demandé de justifier la pratique la plus scandaleuse du monde.

2. Elle aurait plutôt dû s'enquérir du temps que ça prenait de lui brouter l'arrière-train après le cours, parce qu'elle a tout d'une sale lèche-cul.

3. Merci, Rita.

Lorsque j'ai raconté à la Connenick que le professeur nous avait chargés de plaider pour l'excision dans un texte écrit, elle a été choquée. À ce propos, elle était plongée dans un passage de la légende où Beowulf tuait la mère de Grendel, après qu'elle avait essayé de venger la mort de son fils. Beowulf s'en prenait à la mère de son ennemi. Typiquement masculin. C'est là que j'ai compris que tous les hommes sans exception – Beowulf, les Africains, X – étaient de véritables ordures.

Cette réflexion m'a troublée. On me demandait d'adopter un point de vue que j'estimais condamnable. J'ai donc fait mon examen de conscience, ainsi que tu me l'avais enseigné au lycée, et j'en ai déduit que je ne pouvais obéir aux consignes de X. Je me suis assise devant mon ordinateur pour rédiger un essai selon mes convictions. Le voici[1] :

De nombreux pays du continent africain sont confrontés à un mal endémique appelé Mutilations génitales féminines (ou MGF), aussi dénommé excision. Selon l'OMS (Organisation mondiale de la Santé), cette pratique désigne « l'ablation totale ou partielle des organes génitaux féminins externes. Les MGF n'ont aucun bénéfice connu pour la santé » (Source : Wikipédia).

Notre professeur, M. Garrett, nous a sollicités pour écrire un texte en faveur de cette tradition.

---

1. Désolée de t'infliger toute la rédaction, mais il est important de restituer le contexte.

Une démarche impossible car nous avons affaire à des agissements criminels.

L'excision est un supplice infligé aux femmes à seule fin d'augmenter le plaisir des hommes lors des rapports sexuels. Ceux qui jugent cet exercice défendable ont tort, diablement tort.

Les hommes ont le pouvoir depuis des siècles. Ils contrôlent les banques, le sport et l'industrie automobile. Ils se croient supérieurs parce qu'ils ont un pénis ou sont plus grands que les femmes. L'heure est venue de modifier cette conception erronée du monde.

L'excision doit immédiatement disparaître et les responsables subir une mutilation identique de leurs parties génitales, histoire de voir s'ils apprécient la chose. S'il ne tenait qu'à moi, j'irais séance tenante en Afrique châtrer tous les hommes[1]*. Je mettrais toutes leurs verges dans un mixeur et les obligerais à regarder leurs organes réduits en une bouillie sanglante. Je les forcerais ensuite à ingurgiter la mixture jusqu'à ce qu'ils vomissent, puis je leur ferais ravaler le tout*[2]*.*

Étant donné que je ne puis me rendre en Afrique à cause des maladies en circulation, je commencerais ici, à Saint-Louis. Je castrerais les brutes qui frappent leur femme, les violeurs, les barmen indélicats vis-à-vis des clientes. Ils y passeraient tous. Pendant que j'y suis, monsieur Garrett, vous auriez droit au même

---

1. Bon, à partir de là, je m'égare un peu.

2. J'ignore où je suis allée pêcher tout cela, Rita. Ces tortures sont immondes. Je me suis laissé emporter.

traitement. J'ai vu comment vous regardiez certaines de vos élèves. Vous abusez de votre autorité pour les séduire, je m'en rends bien compte. Le devoir que vous nous avez donné constitue une preuve de votre soutien à l'empire démoniaque des Africains qui maltraitent les femmes pour satisfaire leurs bas instincts.

Eh bien, devinez quoi les mecs (oui, vous aussi, monsieur Garrett) : votre heure a sonné.

Ainsi se terminait ma rédaction. Je l'ai lue à la Connenick. Elle l'a trouvée formidable. « Harper, c'est le truc le plus dément que j'aie jamais entendu », s'est-elle extasiée.

Le lendemain, j'ai donc glissé le fruit de mes réflexions dans la boîte aux lettres de X. Le prochain cours n'aurait pas lieu avant mardi, ce qui me laissait tout le week-end et lundi pour imaginer la réaction de mon professeur. Plus j'y pensais, plus cette perspective m'enthousiasmait. Mon texte était non seulement brillant, mais aussi bénéfique pour l'humanité[1].

Mardi, je me suis rendue en cours comme d'habitude. Je ressentais néanmoins un tiraillement au creux de l'estomac, identique à celui qu'on éprouve en attendant de voir qui va se faire virer de

1. Cette citation de Laurel Thatcher Ulrich est l'une de mes préférées : « Les femmes sages entrent rarement dans l'histoire. » Je crois pour ma part que je vais y entrer, dans l'histoire.

La Nouvelle Star. X a pénétré dans la salle de cours l'air de rien. Je commençais à me demander s'il avait corrigé les devoirs. Par chance, Sarah Steinconne a levé la main. « Allez-vous nous rendre nos rédactions aujourd'hui[1] ?

— Oui, je les ai notées. Je vous les rendrai à la fin du cours. À propos, félicitations à tous. »

J'étais perplexe. Comment avait-il pu apprécier notre travail sans distinguer le mien en particulier ? Quoi qu'il en soit, il n'a pas poursuivi sur l'excision et nous avons embrayé sur *Nanouk l'esquimau*, un film débile sur un habitant du Grand Nord qui se vante d'être monté en bateau.

Lorsque la cloche a sonné, X a déclaré : « Avant que j'oublie, voici vos dissertations. Certaines d'entre elles ont soulevé des questions très intéressantes. »

Il nous a alors rendu nos copies en silence. La mienne fut posée sans ostentation sur ma table, comme si je n'avais pas prôné la castration professorale. J'ai examiné la première page. Aucun commentaire. Et sur la dernière, ces simples mots : « Venez me voir en fin de cours. G. »

J'ignorais quoi penser. Mis à part l'histoire du mixeur rempli d'organes masculins, je ne voyais rien de traumatisant. J'étais persuadée d'avoir formulé une analyse remarquable.

---

1. Quelque chose me disait qu'elle n'avait pas disserté sur l'émasculation de X.

Je suis restée à ma place après que tout le monde fut parti. X s'est approché. Il s'est assis à côté de moi. Mon cœur battait à tout rompre. Devais-je m'attendre à des compliments, à des reproches, à autre chose ?

« J'ai lu votre travail, Harper. » Silence. Il a continué : « Je comprends que vous preniez les choses à cœur. De toute évidence, la question a touché une corde sensible. Je suis content que vous ayez laissé libre cours à vos émotions. Même si certaines idées m'ont semblé un peu excessives[1], j'ai saisi l'aspect passionnel de votre raisonnement.

— Alors vous me donnez un A ?

— Navré, mais vous avez fait un hors-sujet.

— Comment ça ?

— Vous n'avez pas respecté les consignes, Harper. » Il s'est mis à divaguer. D'après lui, il fallait « utiliser les notions anthropologiques pour développer un point de vue théorique, que l'on soit d'accord avec l'excision ou pas ».

J'ai commencé à bouillir. Je devinais parfaitement de quoi il retournait. Il ne m'aimait pas. Il ne m'interrogeait jamais quand je levais la main, il évitait mon regard. Il fantasmait sur Steinconne et les fayotes de son acabit.

Je refusais qu'il se serve d'un hors-sujet pour dissimuler un grief personnel, alors je l'ai interrogé sans détour : « Pourquoi vous ne me donnez jamais la parole en classe ?

1. Sûrement le coup du mixeur.

— Je vous sollicite moins que d'autres, vous avez raison. C'est parce que vous contribuez souvent de manière négative au débat[1]. Vous privilégiez l'invective au dialogue constructif. »

Balivernes ! Je l'ai poussé dans ses retranchements : « Je crois que vous m'ignorez parce que vous me trouvez moche.

— Pardon ? »

La stupéfaction s'est peinte sur ses traits. Je l'ai regardé droit dans les yeux[2]. « Vous pensez que je suis jolie, monsieur Garrett ? »

Tu sais ce qu'il a répondu ? « Vous êtes adorable, Harper, mais vous devez apprendre à vous maîtriser. »

« Adorable » ! Je le savais ! Brusquement, tout s'éclairait. X avait le béguin pour moi. Du coup, il fuyait le contact visuel. Il préférait s'adresser à Sarah Stein car il n'avait aucune estime pour elle[3]. La véritable cible de ses attentions, c'était moi. J'en étais sûre !

Quand notre conversation a pris fin, il m'a remerciée d'être restée et m'a demandé de réécrire mon devoir. Il a terminé sur une note plutôt maladroite : « Bon week-end, Harper. »

J'ai regagné le dortoir, l'esprit agité par d'étranges pensées. En effet, je trouvais X assez canon. Il

1. Allez vous faire voir, X !
2. Ma propre audace m'éblouissait.
3. Ce en quoi il avait parfaitement raison.

paraissait tellement intelligent, tellement sûr de lui. Il connaissait beaucoup de choses, regorgeait d'énergie et demeurait d'une politesse, d'une prévenance exquises. Je doutais qu'il exige jamais d'une femme qu'elle se coupe les parties génitales. Ses bonnes manières le différenciaient énormément des Africains. Je commençais à envisager de coucher avec lui pour perdre ma virginité[1]. Étant donné son érudition et l'étendue de ses connaissances anthropologiques, son savoir-faire en matière sexuelle me semblait indéniable.

Tu vas dire que je délire, mais je me suis imaginé tomber enceinte de lui par accident. Il aurait été lié à moi pour toujours et surtout pour le meilleur. Nous aurions baisé comme des lapins sous les auspices d'une union consacrée. Puis la ménopause nous aurait permis de baiser encore plus, délivrés du risque d'avoir d'autres enfants ou d'attraper le sida. Nous aurions formé un couple modèle, une famille parfaite. Il m'aurait enseigné la beauté du monde. La mort venue, nous aurions partagé le même cercueil. Un choix tellement romantique[2].

Dès que j'ai ouvert la porte de la chambre, j'ai raconté mon entrevue hallucinante à la Connenick.

---

1. J'imagine que je suis un bon coup. Ma mère a toujours loué mon corps, digne selon elle de celui d'une danseuse.

2. D'accord, je déraille, mais les idées fusaient à cent à l'heure dans mon cerveau.

Celle-ci n'a pas du tout goûté l'anecdote. Le terme « adorable » l'a choquée.

« Tu n'as pas l'impression qu'il s'est comporté de manière inconvenante ? s'est-elle indignée.

— Non. Je l'ai trouvé charmant. »

Ensuite, je lui ai expliqué que je n'écartais pas la possibilité de coucher avec lui. Il pourrait être motivé par des sentiments très forts à mon égard. Le visage de la Connenick s'est allongé. « Tu dois porter plainte contre ce type, m'a-t-elle conseillé. Tu es victime de harcèlement. »

Je l'ai accusée d'être jalouse, mais elle a continué sur sa lancée. Je devais signaler la moindre équivoque d'un professeur dépassant les bornes. Le doute a commencé à m'assaillir. Et si X avait réellement franchi les limites ? Étais-je vraiment confrontée à un cas de harcèlement ?

Au secours, Rita !

Mon embarras devait se voir, car ma colocataire s'est soudain alarmée : « Tu vas bien, Harper ? Tu es toute rouge. »

Elle avait raison. J'ai posé les mains sur mes joues et mes oreilles : elles étaient brûlantes, signe chez moi d'un désarroi extrême.

J'ignore quoi faire, Rita. Je me sens si sale. En admettant que la Connenick soit dans le vrai et que je porte plainte, X va aller en prison. Je ne pourrai pas me marier avec lui, porter ses enfants, lui offrir ma virginité. Je suis peut-être tombée amoureuse de mon agresseur, syndrome fréquent dans ce type de relation[1].

Ces sentiments contradictoires m'embrouillent les idées, je ne sais plus où j'en suis.

À l'aide, Rita !

Harper Jablonski

1. Aucune envie de faire partie des statistiques.

23 novembre

Chère Rita,

Je t'écris pour te dire que je ne t'écrirai plus[1 et 2].

J'ai passé une semaine des plus étranges[3].

Laisse-moi d'abord te remercier d'être venue me voir. Quand je t'ai vue, assise sur le banc en bas de l'immeuble, j'ai eu un instant d'hésitation. Pour être franche, je ne t'ai pas immédiatement reconnue. Tu avais grossi du visage et tu avais coupé tes cheveux si courts que tu ressemblais à une vieille[4].

Ce n'est que lorsque tu as prononcé mon nom que j'ai croisé ton regard. Celui-ci n'avait pas changé. Étonnant comme les yeux restent identiques, même chez quelqu'un qui s'est empâté et a pris des rides.

---

1. Peut-être une bonne nouvelle pour toi ;-).
2. Je plaisante, O.K. ?
3. Je sais, je dis toujours ça. Mais cette semaine était vraiment très étrange.
4. C'est la vérité, désolée.

Une vague de chaleur a envahi mon corps quand j'ai réalisé que c'était toi. Tu avais fait la route jusqu'à Saint-Louis juste pour me voir. Je me suis sentie flattée, honorée.

Quand je t'ai demandé ce que tu faisais là, tu as répondu : « J'ai simplement pensé que tu avais besoin de compagnie, Harper. » J'avais envie de pleurer. On ne m'avait jamais rien dit d'aussi beau. Je savais que tu essayais de minimiser la grandeur de ton geste[1].

J'étais bouleversée. Voilà pourquoi je n'ai pas desserré les lèvres. Je pensais qu'au premier mot les larmes allaient s'échapper, alors je me suis tue.

Tu as proposé d'aller boire un café au Starbucks, histoire de parler. J'ignorais ce que tu entendais par là. J'étais tellement heureuse de ta présence.

Cela va te sembler bizarre mais, sur la route du Starbucks, je me suis figuré que tu étais ma mère. Je ne sais pas si tu t'en es rendu compte : je t'observais à la dérobée pour comparer nos visages respectifs[2].

Perdue dans mes pensées, je n'écoutais même pas ce que tu racontais. Je songeais à la façon dont tu

---

1. Comme quand les gens font des dons anonymes. Si j'offrais de l'argent, je mettrais sans hésiter mon nom, de manière à ce que l'on connaisse ma générosité. Mais l'anonymat a plus de panache.

2. Et en effet, j'ai décelé quelques similitudes. Malgré tes points noirs sur le front et ton début de calvitie, on pourrait éventuellement croire à un lien de parenté.

avais rallié Saint-Louis, à ton voyage en avion, à la location de voiture, à la chambre d'hôtel que tu avais été obligée de prendre. Incroyable, le mal que tu t'étais donné pour moi. Personne n'a jamais accompli tant de choses en mon honneur.

Soudain, nous étions devant le Starbucks. J'étais tellement impatiente de discuter avec toi devant un café. J'avais l'impression d'être dans un rêve. Il m'arrive parfois de t'imaginer en train de lire ma missive, de la comprendre, d'en approuver certains passages, de rire[1]. La conversation à venir pourrait ressembler à cette lecture, sauf que je verrais tes réactions. Quelle perspective étrange et merveilleuse !

Je me représentais tous les thèmes que nous aborderions, les conseils que tu me donnerais[2], les catastrophes dont tu t'appliquerais à dédramatiser les enjeux, le baume de tes mots : « Tu mérites d'être heureuse », et les regards que nous échangerions, les sourires[3]. Ensuite, chacune rentrerait chez soi, comblée. Moi au dortoir, avec la Connenick, et toi à New York.

Laisse-moi te dire dès à présent, Rita, que tu m'as franchement déçue. Je t'ai trouvée désagréable au possible, voire complètement idiote.

---

1. Pas de moi, mais de mes plaisanteries ;-).

2. Pour trouver des amies qui me ressemblent, perdre ma virginité, gérer les profs louches ou arrêter de haïr mes crétins de parents.

3. Pas comme des lesbiennes.

J'avais vraiment hâte de parler avec toi mais, dès que nous nous sommes assises, tu es devenue super sérieuse. Tu m'as regardée comme si j'étais malade ou je ne sais quoi[1]. Honnêtement, tes paroles m'ont énervée.

Tu as prétendu que mes lettres reflétaient une « personnalité fragile » et que je devrais « prendre un peu de repos[2] ». Je me suis sentie trahie, jugée. J'ai eu l'impression que tu me faisais la leçon au lieu de m'écouter.

Pour finir, tu as qualifié mon dernier courrier de « vraiment inquiétant ». Tu craignais que je porte de fausses accusations contre mon professeur[3].

Je me suis demandé si tu n'avais pas fait tout le voyage uniquement pour me traiter de folle[4].

Tu penses sans doute que je divague. Il m'arrive en effet de me laisser emporter. Les pensées les plus dingues me traversent l'esprit et j'ai du mal à m'exprimer clairement[5].

---

1. On aurait dit que tu avais pitié de moi.

2. En général, on tient ce genre de propos quand on veut que les gens a/ se suicident, ou b/ soient internés.

3. Je n'allais pas le dénoncer, Rita. Je ne suis pas une psychopathe.

4. Du coup, j'ai vu ton périple – le trajet en avion, la location de voiture, l'hôtel – sous un jour nouveau. Pourquoi subir tout cela si c'est pour m'insulter au final ?

5. Parfois, je suis tellement en colère que j'ai envie que tout se termine. Alors j'écris des trucs comme : « J'ai envie que tout se termine, Rita. » Cela ne signifie pas que je désire mourir.

Je ne suis pas « fragile » pour autant. Je n'ai besoin d'aucun « repos ».

Voilà pourquoi je suis restée muette. Pourquoi je me suis contentée d'acquiescer avant de retourner à la cité universitaire sans un merci. Pourquoi je n'ai pas souri une seule fois.

Enfin bref.

Je pense qu'il vaut mieux que nous cessions de correspondre. Je m'en voudrais de rechercher ton soutien. Je sais qu'il est difficile de se passer de béquilles dans la vie, en particulier lorsqu'on a mal aux jambes, mais c'est la meilleure solution à long terme[1].

J'exprime juste un ressenti ponctuel. Aucune intention de mettre fin à mes jours. Il faut apprendre à lire entre les lignes, ma chère.

1. Est-ce que je t'ai raconté l'épisode de la classe verte au camping des Fagots ? Oh bon sang, Rita ! En sixième, nous sommes allés camper une semaine avec le collège. Je n'avais jamais dormi à l'extérieur, alors imagine sept jours de camping. J'étais complètement paniquée. La veille de l'excursion, j'ai craqué. J'ai supplié ma mère de ne pas me faire partir. Je priais pour tomber malade afin d'éviter le voyage (ainsi, j'ai dormi tout habillée dans l'espoir d'attraper un coup de chaleur. J'ai simplement beaucoup transpiré). Enfin bref. Ma mère m'a accompagnée à l'école le lendemain. Plusieurs bus alignés attendaient de nous emmener. Cette vision a décuplé mon effroi. Ces véhicules incarnaient le départ effectif. Après être montée dans le car, j'ai déniché une place à l'arrière, me maîtrisant à grand-peine. J'avais tellement de mal à retenir mes larmes. Ma mère se dirigeait vers la voiture. Elle m'a adressé un dernier signe et là, au milieu de tout le monde, je me suis effondrée en sanglots. J'étais si gênée.

Ton horizon me paraît d'une certaine manière étriqué. Aussi, Rita, je me passerai dorénavant de tes conseils.

Je pleurais comme une madeleine. Mon visage exsudait un torrent de larmes et de morve digne d'un canon à eau dirigé contre une manifestation en faveur des droits civiques. Ma mère m'a vue. Elle a fait demi-tour pour me rejoindre.

Tandis que j'étais à moitié hystérique, elle est montée dans le car. Imagine un peu la situation. La honte intégrale. Elle s'est avancée dans la travée. Tout le monde avait les yeux fixés sur moi. « Allons, Harper, que se passe-t-il ? » s'est alarmée ma mère. Je n'ai pas répondu. Les seuls mots qui me venaient à l'esprit étaient : « Ramène-moi à la maison, je t'en prie, maman. Je ne veux pas partir avec ces gens pendant une semaine. Les cars n'ont pas encore quitté le parking et j'ai déjà le mal du pays. Je t'en conjure, ne m'oblige pas à partir ! » Mon trouble était tel que je n'ai pu que bafouiller : « J'ai oublié le shampoing. » (Ce qui était vrai, mais ce n'était pas la raison de mon émoi.)

« Tu peux te laver les cheveux au savon.

— Ah bon ?

— Oui. Tu n'as qu'à le faire mousser, puis l'utiliser comme un shampoing normal.

— Cela ne va pas abîmer les cheveux ?

— Si tu les laves tous les jours, oui. Mais pour une semaine, ça devrait aller.

— Merci, maman. »

J'étais un peu calmée, alors ma mère est sortie du bus. Je me suis assise dans le silence général. Tout le monde avait vu la fille en pleurs et sa mère discuter de savon, et nul n'osait formuler le moindre commentaire sur cette conversation étrange. Personne ne m'a adressé la parole durant les trois heures de trajet. J'ai cependant senti un changement s'opérer en moi, Rita. La sérénité

Quoi qu'il en soit, j'espère que tu es rentrée chez toi sans encombre.

Adieu.

Harper Jablonski.

---

m'envahissait. Non pas vis-à-vis de ma mère, mais du shampoing oublié. Je me rendais compte que j'allais survivre, que j'allais me débrouiller seule, tu comprends ? J'allais m'adapter au manque de shampoing et faire avec ce que j'avais sous la main. La plupart du temps, j'oublie cette faculté. Je panique, je m'impatiente, je m'énerve. D'autres fois, sous la douche, je me savonne le crâne (avant d'utiliser une tonne d'après-shampoing). Alors, même si j'apprécie ce que tu as fait pour moi, je crois que je vais me laver les cheveux seule un moment. Dussé-je utiliser du savon.

5

RENCONTRES AMOUREUSES

Un adepte de la théorie du genre tente de séduire une femme dans un bar

Salut, comment va ? Ça vous dérange si je m'assois ? Je vous ai vue, à l'écart, et j'ai pensé : très bien, cela me convient. Une femme devrait être capable de se passer de compagnie. D'ailleurs, beaucoup d'entre elles militent en faveur de l'indépendance, en plus de lutter pour l'égalité des salaires et l'extension du congé maternité. Une tendance captivante.

J'ai remarqué que vous étiez sur le point de terminer votre verre. Pourrais-je rester à côté de vous tandis que vous en commandez un autre ? Au risque de vous paraître effronté, je vous laisserai aussi en commander un pour moi.

Vous faites quoi, dans la vie ? Avant de répondre, j'estime utile de vous préciser que je n'attends pas forcément une réponse liée à votre profession. L'être humain ne se résume pas à des buts matériels. Une vision dépassée, carrément hétéronormée.

Ma mère, par exemple, ne m'a jamais offert de four Barbie quand j'étais petit. Je lui en veux un peu, même si elle était adorable. J'ai grandi en vénérant des mâles tels que Neil Armstrong et Jimmy Carter. Et, oui, je travaille à Sport +, mais je passe beaucoup plus de temps à triompher de l'adversité et à privilégier l'aspect spirituel de l'existence qu'à œuvrer pour une entreprise sans âme. En admettant que je sois venu ici dans l'espoir de trouver une partenaire, vous ou quelqu'un d'autre, je serais heureux de congédier l'homme traditionnel en moi, de façon à élever notre enfant sans distinction de genre, tandis que mon binôme féminin continuerait d'assouvir ses passions, fussent-elles matérielles, récréatives ou sexuelles envers un autre individu masculin.

Quel empoté je suis ! Écoutez-moi pérorer comme un pipelet, ou une pipelette. Je ne me suis même pas présenté. La façon dont les schémas acquis favorisent la domination masculine dans les sociétés patriarcales est troublante. Je m'appelle Teri, avec un cœur au-dessus du i, manière de proclamer que je ne suis pas dénué de sentiments.

Alors, qu'en pensez-vous ? La possibilité de m'offrir un verre vous intéresse-t-elle ?

Une réponse de votre part serait formidable. Mais si vous préférez demeurer assise sans un mot, à me fusiller de votre regard puissant qui transcende les genres et m'effraye un peu, cela me convient également.

Pardon ? Que j'aille me faire foutre ? Entièrement d'accord ! Les mecs devraient être capables de s'autogénérer, merci de votre suggestion astucieuse.

Pourquoi les femmes devraient-elles ployer sous le fardeau de la maternité, alors que les hommes demeurent biologiquement condamnés à refuser de s'engager ? Cela va à l'encontre du bon sens. C'est socialement contreproductif.

Ah, rien de tel qu'une bière bien fraîche. Merci de me l'avoir envoyée au visage en cette chaude soirée.

O.K., pas de problème, je m'en vais.

La franchise de votre rejet vous honore. Cette initiative demande beaucoup de courage. Un courage équivalent à celui d'autrui. Maintenant, si vous voulez bien m'excuser, je dois aller aux toilettes, où je m'enfermerai pour sangloter en silence. Je me poserai des questions sur mon physique et enverrai des messages à ma maman. En attendant, merci de votre patience, en tout point égale à la mienne.

Une adepte de la théorie du genre tente de séduire un homme dans un bar

Salut, comment va ? Non, ne vous levez pas, je reste debout.

Je vous ai vu assis à l'écart et j'ai pensé : comme c'est triste. Un homme ne devrait pas boire seul. Toute cette pression sociale pour se conformer aux normes phallocratiques et à la vision machiste obsolète de l'ordre patriarcal est déjà assez pénible à supporter.

J'ai remarqué que vous étiez sur le point de terminer votre verre, aussi je me demandais si je pouvais vous en offrir un autre. Ils le mettront sur ma note, je suis une habituée. J'ai la descente plutôt facile.

J'avais prévu de carburer aux Irish Car Bombs toute la soirée, mais je peux passer au Cosmopolitan si vous préférez. En fait, il vaut mieux que je change. Non pas que j'affectionne les teintes roses et les zestes de citron, mais il y a moins d'alcool dans le Cosmo. Je dois me lever tôt pour assumer mes fonctions de cadre dirigeant.

Je ne sais pas ce que vous avez prévu pour demain matin – vous pourriez préparer le déjeuner des enfants ou bosser dans l'obstétrique –, mais moi, je dois être opérationnelle à 6 h 30 dernier carat pour aller à la salle de sport. Non pas que je désire absolument entretenir mon physique de femme dynamique, mais l'adrénaline matinale m'aide à affronter le monde de l'entreprise. C'est la jungle, là-bas. Le sport me permet d'être dans de bonnes dispositions.

J'estime honnête de vous prévenir que je vous aborde dans l'unique but de coucher avec vous. Si possible cette nuit. Depuis l'autre bout du comptoir, j'ai évalué vos potentialités et, indépendamment de votre personnalité, j'aimerais m'amuser avec vous. Je sais que nous venons juste de nous rencontrer, cependant j'adore être pénétrée par des inconnus dénués d'investissement affectif. Mon côté traditionaliste sans doute.

Quelle empotée je suis ! Écoutez-moi radoter comme une précieuse ridicule. Je ne me suis même pas présentée. Je m'appelle Teri, avec un $ à la place du point du i. Pas de honte à gagner de l'argent, en particulier si la somme est proportionnelle aux efforts que je fais pour entretenir mon physique et mes capacités intellectuelles.

Alors, qu'en pensez-vous ? La possibilité que je vous offre un verre vous excite-t-elle ? Non ? Et la partie de jambes en l'air ? On pourrait aller chez moi, même si ce n'est pas vraiment un palace. L'endroit ressemble plutôt à une garçonnière. Un lieu où je peux décompresser avec mes bières, au frais dans un mini-réfrigérateur à l'effigie de la Ligue Nationale de Football.

Pardon ? Du harcèlement ? Quel mot horrible ! Vous n'allez pas porter plainte, j'en suis sûre. Par orgueil, les hommes refusent souvent d'aller en justice car cela heurte leur perception archaïque de la virilité. Dénoncer les comportements agressifs des femmes aux autorités relève pourtant de la nécessité. Une tape amicale sur l'épaule de l'homme se transforme vite en allusion scabreuse, et l'allusion scabreuse en une chute au bas de l'escalier à 3 heures du matin.

Les femmes sont dangereuses, je vous le dis.

Non, non. Inutile d'alerter le barman, il a une dure journée derrière lui. Je vais partir.

Et inutile de me raccompagner à la porte, je connais le chemin.

Ne vous inquiétez pas pour moi. Je vais simplement rentrer chez moi, me faire un plateau-repas et m'assoupir devant l'écran en pyjama informe. Quoi qu'il en soit, merci de votre patience, égale à environ deux tiers de la mienne.

Un type sous acide tente de séduire une femme dans un bar

Salut, comment va ? Ça vous dérange si je m'assois ? Je vous ai vue à l'écart et je me suis mis à pleurer. D'une certaine manière, nous sommes tous seuls. Mais l'expérience s'avère encore plus cruelle dans un bar, un lieu spécialement conçu pour favoriser la rencontre avec d'autres êtres humains. À quoi se résume donc notre espèce, sinon à un simple composé d'atomes de carbone ? Vous voulez un chewing-gum ? Il m'en reste quatre.

Vous attendez quelqu'un ? C'est toujours embarrassant de s'apercevoir que la fille a déjà rendez-vous quand on l'accoste. Moi aussi, j'attendais quelqu'un : ma mère. Elle n'est pas venue. En fait, elle est morte dans un accident de voiture lorsque j'avais sept ans.

Enfin, elle n'est pas vraiment morte. J'ai menti car je suis dans le déni de sa disparition. Imaginez un bébé panda séparé de sa mère par un scientifique. Je suis le bébé panda, ma mère est la maman panda et le scientifique incarne les freins défectueux de la voiture. Vous regardez parfois le baseball ? Vous savez allumer un feu ? Moi, je mourrais si on m'abandonnait dans la nature. Vous voulez un chewing-gum ? Il m'en reste trois.

Bon, que diriez-vous de sortir avec moi ? Je plaisante, nous sommes déjà à l'extérieur. Mais l'extérieur, qu'est-ce donc ? Nous sommes tous des composés d'atomes de carbone. La vrai question est : que diriez-vous de coucher avec moi ? Alors ? Pas ici, bien sûr, ce serait inconvenant. Et puis ma mère pourrait débarquer n'importe quand. Non, nous irions chez moi. Mon appartement empeste, étant donné que je tire rarement la chasse. J'économise l'eau. Cela dit, je l'ai tirée avant de venir, au cas où je rencontrerais quelqu'un au nez délicat comme vous. Il me reste deux chewing-gums. Le temps passe. Nous serons tous morts dans une centaine d'années.

Qu'est-ce que vous buvez ? Les gens se sentent toujours obligés de s'enivrer pour se parler dans des endroits tels que celui-ci. Quelle attitude étrange ! L'alcool est un poison, vous savez ? On le fabrique à partir de fruits et de légumes en décomposition, un truc hallucinant. Ensuite, nous remontons dans nos voitures et rentrons chez nous. Super ! « Dis donc, et si je m'asseyais dans ce cercueil de verre et d'acier pour conduire à cent à l'heure dans l'obscurité. De toute façon, je n'ai pas d'enfant. »

Vous avez de beaux yeux, au fait. La façon dont la lumière traverse le tissu conjonctif et entre dans votre vitré pour créer des reflets bleu-vert est, pour une raison mystérieuse, très séduisante. Vous avez aussi un corps appréciable. Votre décolleté m'excite au plus haut point, à un niveau charnel. Et cette jupe qui dévoile vos jambes me suggère que vous êtes disposée à coucher avec quelqu'un, ainsi que je le suis moi-même. Je sais bien que nous ne sommes que des composés d'atomes de carbone, des lueurs dans l'infini intersidéral, et que notre constitution chimique ne varie guère d'un individu à l'autre, pourtant je désire faire l'amour avec vous. Je n'ignore pas que vous êtes génétiquement semblable à la femme à l'autre bout du comptoir, celle avec le menton fuyant, mais je vous trouve plus séduisante.

Pardon ? Votre petit ami vient d'arriver ? Ah oui, je comprends que vous le préfériez à moi. Il est plus beau. J'ai honte de mon propre corps. Mon sternum bizarre ne soutient pas la comparaison avec le sien. Il sait faire du feu ? Vous voulez mon dernier chewing-gum ?

Ah oui, c'est bon ! Cette bière fraîche sur mon visage me procure une sensation vivifiante au possible. Merci d'avoir stimulé mon système nerveux en cette heure tardive.

Aïe ! Vous avez bien fait, monsieur, de me frapper pour défendre l'honneur de votre fiancée, incommodée par mes avances frénétiques. Le sang coule de mes blessures dans une tentative désespérée d'atténuer la douleur. Mon cortex préfrontal archive l'information selon laquelle les composés d'atomes de carbone doivent se tenir loin de votre sternum parfait.

D'accord, d'accord, je m'en vais.

Si vous voyez ma mère, dites-lui que je suis aux toilettes pour tenter de réparer les dégâts. Et si la fille avec le menton fuyant fait mine de partir, demandez-lui d'attendre quelques minutes : je suis toujours partant pour m'accoupler. Bonne soirée à vous, sachant que la nuit n'est qu'une illusion créée par la Terre qui tourne autour du Soleil.

Un abstinent gêné par sa propre sobriété tente de séduire une femme dans un bar

Salut, comment va ? Ça vous dérange si je m'assois ? Je vous ai vue à l'écart et j'ai pensé : génial. J'adore l'alcool. J'en raffole.

Vous buvez quoi ? Alcool sec ? Sympa. Juste comme j'aime. Pas de fioriture. Sitôt servi, sitôt fini. Du moment qu'on s'enivre, n'est-ce pas ?

Moi ? Je sirote un ginger ale, pour l'instant. Le calme avant la tempête. La tempête éthylique, si vous voyez ce que je veux dire. Je vais passer la seconde dans pas longtemps, quand j'aurai préparé le terrain pour la cuite.

Qu'est-ce qui vous amène ici ? La qualité des boissons, je suppose. Cet établissement possède un grand choix, d'où son succès. Au début, j'étais un peu perdu, mais aujourd'hui l'éventail n'a plus de secrets pour moi. La vodka est sans doute mon eau-de-vie préférée. Quoique j'apprécie aussi le rhum, une décoction fabriquée à partir de canne à sucre, ce qui est toujours agréable.

Alors…

Vous avez vu la pub pour la nouvelle vodka ? J'ai l'impression que ça va marcher du tonnerre. Plus fort que l'ancienne marque, qui réchauffait déjà pas mal. On croise les doigts, hein ? Tous les gens interrogés dans la pub ont l'air de s'amuser. Normal, ils boivent. Et puis le slogan, en fin de spot : « À consommer avec modération ». Dans mon monde, ça signifie : buvez tous les jours.

Mortel…

Je suis tellement habitué, maintenant.

J'ai effectué quelques recherches sur le mot vodka : il vient d'un diminutif employé par l'Église orthodoxe concernant l'eau. Pour certains, le terme remonte à la Russie du XIXe siècle. Pour d'autres, c'est la Pologne du siècle précédent. Moi, tout ce dont je suis sûr, c'est que ça me requinque. Oui, j'en bois quotidiennement, peu importe l'étymologie. Je l'aurais sans doute inventée moi-même si elle n'existait pas. Après tout, il suffit de mélanger des hydrates de carbone avec de la levure, de distiller la mixture dans un alambic, d'ajouter une dose d'antigel, puis de filtrer et diluer la solution. Enfin, la récompense : la dégustation.

Apparemment, la vodka était rationnée sous le régime communiste. Bonjour, l'angoisse. J'aurais crevé de soif, si vous voyez ce que je veux dire.

Oui, je suis un vieux routier de la bouteille. Des cigarettes aussi. Je crois que j'ai sifflé mon premier verre quand j'avais douze ans. J'adore m'encanailler.

Je suis une véritable épave, parfois.

Alors, vous buvez quoi ? On devrait peut-être aller chez moi pour continuer le festival. Je vous montrerai mon tableau périodique des alcools : un classement des différentes boissons en fonction de leur pourcentage. On commence avec le cidre doux et on termine avec l'alcool à quatre-vingt-dix degrés.

Non ? Cela ne vous tente pas ? Et si nous allions nous saouler dans un parc ? Non plus ? Alors chez vous : nous téterons le goulot en envisageant de coucher ensemble. Cette perspective ne m'excite pas particulièrement, mais je déteste pratiquer une activité, quelle qu'elle soit, sans une bouteille à portée de main.

Ah, merci de m'avoir envoyé votre verre à la figure. La vitesse et la force avec lesquelles vous avez projeté le liquide vont me permettre une meilleure absorption que par une voie plus traditionnelle. Maintenant, si vous voulez bien m'excuser, je vais me précipiter aux toilettes. Il faut absolument que je me rince la bouche, enfin je veux dire nettoyer mon palais en vue d'une nouvelle rasade d'alcool, que j'adore.

Avant d'y aller, laissez-moi passer une dernière commande. Barman ! Un autre verre d'eau glacée, je vous prie ! C'est un code entre nous : « glace » pour « vodka » et « eau » pour « encore plus de vodka », ainsi que vous l'avez deviné.

Bonne soirée à vous. Elle sera meilleure si vous buvez, croyez-moi. J'ai déjà commencé et je compte bien continuer.

NEW YORK

6

SPORTS

Nelson Monfort est mon thérapeute

Moi : Bonjour, docteur Monfort.

Nelson Monfort : Je sens une ambiance d'éliminatoires, ce soir.

Moi : Eh bien, j'ai passé une semaine assez dure. Ma mère m'a rendu visite.

Nelson Monfort : Un tir longue distance !

Moi : Comme de juste, elle m'a demandé sans préambule si je couchais toujours avec Sarah.

Nelson Monfort : Faute !

Moi : Tout à fait. Ma situation sentimentale ne la regarde pas.

Nelson Monfort : Incroyable !

Moi : En plus, Sarah refuse de me rappeler.

Nelson Monfort : Pénalité !

Moi : Je l'ai appelée douze fois la nuit dernière.

Nelson Monfort : Douze appels ! Ignorés !

Moi : Je ne suis pas vraiment surpris. Nous entretenons des rapports distants depuis plusieurs mois.

Nelson Monfort : Bloqué hors du périmètre !

Moi : Oui.

NELSON MONFORT : Capacité de pénétration nulle !

MOI : Je suppose.

NELSON MONFORT : Impossible de mettre la main au panier !

MOI : L'image est un peu grossière, mais vous avez raison. En fait, j'ai rencontré une autre femme, Becky.

NELSON MONFORT : Balle au bond !

MOI : Elle est serveuse.

NELSON MONFORT : Une occasion certaine !

MOI : Elle sort tout juste d'un divorce pénible.

NELSON MONFORT : Tir en course !

MOI : Elle n'a pas eu d'aventure depuis une éternité.

NELSON MONFORT : Matches non disputés !

MOI : Tout se passait bien. Je l'avais ramenée chez moi.

NELSON MONFORT : Un début de saison prometteur !

MOI : Nous étions au lit.

NELSON MONFORT : Belle réception !

MOI : Merci, docteur Monfort. Mais elle s'est mise à paniquer, à bafouiller des excuses…

NELSON MONFORT : Quelle émotion !

MOI : Oui.

NELSON MONFORT : La confusion la plus totale !

MOI : C'est ça. Sans aucune raison valable.

NELSON MONFORT : Il fallait fouetter la balle.

MOI : Pardon ?

NELSON MONFORT : Fouetter !

MOI : Je crains de ne pas saisir.

NELSON MONFORT : Les enjeux vous obligeaient à fouetter.

Moi : Hors de question de la faire souffrir.

Nelson Monfort : Alors, c'est la fin de la partie.

Moi : Voilà. Elle a pris ses affaires et quitté la chambre.

Nelson Monfort : Marcher !

Moi : J'ai tenté de la rappeler.

Nelson Monfort : Marcher sifflé !

Moi : Elle m'a laissé là, abasourdi.

Nelson Monfort : Incapable de remonter au score.

Moi : J'ai voulu lui courir après.

Nelson Monfort : Tentative d'interception !

Moi : Elle m'a claqué la porte au nez.

Nelson Monfort : Smash !

Moi : Je me suis retrouvé planté dans mon appartement, seul.

Nelson Monfort : Vous jouiez la montre !

Moi : De nouveau, je me suis mis à culpabiliser au sujet de Sarah.

Nelson Monfort : Match retour, défaite à domicile !

Moi : Vous croyez que je vais parvenir à faire le deuil de notre relation ?

Nelson Monfort : Et maintenant, une petite page de pub.

Moi : Pardon ?

Nelson Monfort : Rendez-vous chez votre concessionnaire Ford le plus proche pour essayer le tout nouveau monospace, Ford Flex.

Moi : Je ne peux pas m'acheter une voiture en ce moment.

Nelson Monfort : Vous n'en trouverez pas de meilleure dans cette catégorie.

Moi : Je n'ai jamais brillé dans aucune catégorie.

Nelson Monfort : Vous avez déjà conduit une Ford ?

Moi : Je ne peux pas prendre le volant.

Nelson Monfort : Nous revoilà en direct du terrain de basket !

Moi : Je n'ai pas quitté mon fauteuil.

Nelson Monfort : Les joueurs ne lâchent pas l'affaire !

Moi : C'est-à-dire que j'ai payé pour une heure entière.

Nelson Monfort : Alors nous jouerons les prolongations !

Moi : Vraiment ?

Nelson Monfort : Tout à fait.

Moi : Vous allez me les facturer ?

Nelson Monfort : Oui.

Moi : Combien ?

Nelson Monfort : Double.

Moi : Double tarif ?

Nelson Monfort : Triple.

Moi : Comment ça, triple ?

Nelson Monfort : Triple double au classement !

Moi : Ma mutuelle va rembourser ?

Nelson Monfort : Panier refusé !

Moi : Je me disais aussi…

Nelson Monfort : Encore le temps d'une attaque.

Moi : Je n'ai plus aucune raison de vivre, docteur Nelson.

Nelson Monfort : Les choses se présentent mal.

Moi : J'ai envie de me jeter par la fenêtre.

Nelson Monfort : Un saut prodigieux !

MOI : Je ne vois pas d'autre solution.

NELSON MONFORT : Un départ en flèche !

MOI : C'est le mot.

NELSON MONFORT : Un tomahawk.

MOI : Un tomahawk ?

NELSON MONFORT : Bien centré !

MOI : Je crains que ce ne soit un peu salissant.

NELSON MONFORT : Alors, un boulet de canon.

MOI : Un boulet de canon ?

NELSON MONFORT : Ça passe toujours.

MOI : La mesure est tentante.

NELSON MONFORT : Un dernier panier suffirait à remporter le match.

MOI : Ce serait tellement simple.

NELSON MONFORT : Une mort subite !

MOI : D'accord, je vais le faire.

NELSON MONFORT : Pas dans mon cabinet !

MOI : On ne me regrettera pas.

NELSON MONFORT : Une perte minime !

MOI : Ma disparition ne chagrinera personne, n'est-ce pas, docteur ?

NELSON MONFORT : Non ! D'autant plus que ça compte pour le championnat !

Anthony Carmelo et moi racontons à nos coéquipiers respectifs un match improvisé sur le terrain de basket du complexe sportif de l'UCJG

Moi : Salut ! Désolé du retard.

Anthony Carmelo : Salut, désolé du retard.

Moi : Il m'est arrivé un truc génial.

Anthony Carmelo : Il m'est arrivé un truc horrible.

Moi : Je m'entraînais sur le terrain…

Anthony Carmelo : J'étais une fois de plus bloqué sur le terrain…

Moi : … et devinez qui est venu tirer quelques paniers à côté de moi ?

Anthony Carmelo : … et un blanc maigrichon travaillait ses lobs à côté de moi.

Moi : Anthony Carmelo ! L'ailier des Knicks en personne ! Je n'en croyais pas mes yeux. Une de mes idoles !

ANTHONY CARMELO : Sûrement l'un de ces gars qui va voir deux matches par an et qui se proclame fan.

MOI : Je suis même allé voir deux matches de lui cette année. Bon, je l'ai joué cool, je n'ai rien dit, j'ai poursuivi mon entraînement.

ANTHONY CARMELO : Il a continué à bosser ses paniers à trois points ridicules pour attirer mon attention.

MOI : Je lui ai quand même jeté un regard.

ANTHONY CARMELO : Il ne me quittait pas des yeux.

MOI : Il paraissait avoir envie de jouer avec quelqu'un.

ANTHONY CARMELO : J'avais juste envie qu'on me laisse tranquille.

MOI : Alors je me suis dirigé vers lui. « Salut, Tony. Que dirais-tu d'un petit un contre un ? »

ANTHONY CARMELO *(imitant une voix de loser)* : Le type bafouillait, genre : « Euh… monsieur Carmelo, je suis un de vos plus grands fans. »

MOI : Et voilà Tony qui me répond : « Tu crois que tu peux m'affronter ? »

ANTHONY CARMELO : J'ai juste répliqué : « On peut sans doute échanger quelques passes. »

MOI : « Allons-y. » Comme ça, sans me démonter : « Allons-y. »

ANTHONY CARMELO *(adoptant une voix de castrat efféminé)* : « Je ne sais pas comment vous remercier, monsieur Carmelo. Quel honneur ! Mes amis ne vont jamais me croire. »

MOI : Pour nous différencier, j'ai proposé qu'une équipe joue en T-shirt et l'autre torse nu.

ANTHONY CARMELO : J'imagine qu'il se croyait dans un vrai match.

MOI : Vous savez, au cas où d'autres gars auraient voulu se joindre à nous.

ANTHONY CARMELO : Et avant que je puisse refuser…

MOI : J'ai enlevé mon T-shirt.

ANTHONY CARMELO : J'ai failli vomir.

MOI : J'ai pris en muscles, ces derniers mois. Des milliers de pompes.

ANTHONY CARMELO : Il ressemblait à l'un de ces gosses dans les reportages sur le tiers-monde.

MOI : Je suis plutôt bien dessiné. Je pense qu'il a été impressionné.

ANTHONY CARMELO : J'étais horrifié. On voyait chacune de ses côtes.

MOI : Je me suis emparé du ballon.

ANTHONY CARMELO : Je lui ai laissé le ballon.

MOI : Et j'ai essayé de le passer.

Anthony Carmelo : Il a voulu me dribbler.

Moi : Mais Tony était rapide.

Anthony Carmelo : Je n'ai pas bougé un orteil.

Moi : Il m'a bloqué.

Anthony Carmelo : J'ai à peine levé la main et il m'est rentré dedans.

Moi : Tony était enragé, genre « pas de ça chez moi ».

Anthony Carmelo : Je me suis excusé par réflexe, comme quand on marche sur la queue d'un chat : « Oh, désolé minou, je ne t'avais pas vu. »

Moi : Nous étions à fond.

Anthony Carmelo : Pendant qu'il sautillait autour de moi, j'ai eu le temps de finir l'article de l'*Economist* que tu m'as envoyé sur mon portable.

Moi : Plus rien d'autre n'existait. Nous étions seuls au monde.

Anthony Carmelo : La manière dont ils exploitent les planteurs de café du Nicaragua est scandaleuse.

Moi : Je crois que ça faisait un moment qu'on ne lui avait pas donné autant de fil à retordre.

ANTHONY CARMELO : Je lui ai laissé le ballon pour qu'il me lâche un peu.

MOI : J'ai chopé la balle au bond avant d'effectuer quelques mouvements de mon cru.

ANTHONY CARMELO : Il n'arrêtait pas de faire rebondir le ballon entre ses jambes.

MOI : J'ai évolué dans le rectangle. Un eurostep à la James Harden, une passe aveugle à la Rajon Rondo, une feinte à la Jamal Crawford.

ANTHONY CARMELO : Le ballon cognait contre ses genoux. Faute personnelle sur faute personnelle. J'étais super gêné.

MOI : J'étais super en forme. Je n'avais pas joué aussi bien depuis le lycée.

ANTHONY CARMELO : De toute évidence, il n'avait jamais joué contre personne. Et le pire, c'était…

MOI : Ah oui, j'allais oublier le meilleur !

ANTHONY CARMELO : … qu'il y avait une femme qui donnait des cours de yoga sur le terrain d'à côté. Le type envoyait sans cesse le ballon vers elle.

MOI : J'avais repéré une nana sur le terrain d'à côté, qui n'arrêtait pas de me lorgner.

ANTHONY CARMELO : Elle lui jetait un regard assassin chaque fois qu'elle était obligée de nous rapporter le ballon.

MOI : Elle me rapportait exprès le ballon, littéralement hypnotisée par mon physique.

ANTHONY CARMELO : Et le type essayait de m'intimider verbalement. Tu as déjà entendu un freluquet blanc jurer ?

MOI : On se provoquait l'un l'autre.

ANTHONY CARMELO : On aurait dit un chihuahua qui s'excitait après une bouche à incendie.

MOI : J'y allais franchement : « Je vais te rétamer comme un type qui frappe son beau-fils rouquin. »

ANTHONY CARMELO : Il s'est mis à délirer sur une histoire de maltraitance infantile. Un truc malsain.

MOI : Il était clairement apeuré.

ANTHONY CARMELO : Je flippais un peu. Ce mec avait l'air cinglé.

MOI : « J'espère que tu as apporté les toasts, Tony. Parce que je vais étaler ma confiture sur toi ! »

ANTHONY CARMELO : Il a sorti une phrase démente. J'ai préféré ne rien répondre.

MOI : Tony était sans voix.

ANTHONY CARMELO : Les gens commençaient à nous regarder, alors j'ai dit : « Le prochain qui marque a gagné. »

MOI : J'ai dû l'avoir à l'usure, parce qu'il a abdiqué : « Désolé, mon pote. Plus qu'un panier et on arrête. »

ANTHONY CARMELO : Je lui ai donné le ballon.

MOI : Je me suis emparé du ballon.

ANTHONY CARMELO : Et il est parti dans la mauvaise direction.

MOI : Je suis retourné au bercail.

ANTHONY CARMELO : Il a fait volte-face à mi-parcours et a laborieusement lancé le ballon.

MOI : J'ai tiré une fusée du milieu de terrain.

ANTHONY CARMELO : Le ballon n'avait aucune chance d'atterrir dans le panier.

MOI : Le projectile allait droit au but, dans le délicat filet de nylon.

ANTHONY CARMELO : Je devinais qu'il allait rebondir sur le panneau et percuter la prof de yoga.

MOI : La femme n'avait d'yeux que pour moi.

ANTHONY CARMELO : J'ai réagi en être responsable. J'ai fait la seule chose à faire.

MOI : Tony a fait la chose la plus stupide qui soit.

ANTHONY CARMELO : J'ai sauté pour attraper le ballon.

MOI : Il a intercepté mon tir !

ANTHONY CARMELO : Et j'ai gentiment introduit l'objet dans le panier, gagnant par la même occasion le match et sauvant la fille.

MOI : Il s'est ensuite comporté comme s'il avait gagné la partie !

ANTHONY CARMELO : Le type se croyait vainqueur !

MOI : Je n'ai pas voulu le contredire. Après tout, c'était juste un match amical.

ANTHONY CARMELO : S'entraîner au complexe sportif est toujours pénible, mais là, ça battait des records.

MOI : Cette prise de contact va peut-être constituer le début d'une saine rivalité entre nous.

ANTHONY CARMELO : J'espère ne plus jamais croiser ce type.

MOI : Nous allons sans doute nous voir régulièrement.

ANTHONY CARMELO : J'ai résilié mon abonnement dès que je suis sorti.

MOI : Voilà pourquoi New York est une ville si attractive.

ANTHONY CARMELO : Voilà pourquoi je dois quitter New York.

MOI : Un endroit où vous pouvez rencontrer des personnalités incroyables.

ANTHONY CARMELO : Vous tombez toujours sur des énergumènes super louches.

MOI : Ce jour-là, j'ai compris que…

ANTHONY CARMELO : Des gens tarés, dangereux.

MOI : … tout le monde est normal, comme moi.

Un conseiller conjugal chahute lors d'un match des Knicks

Allez les Knicks ! Sans toutefois minimiser les qualités de l'autre équipe.

Allez les Knicks ! Vous remarquerez que je soutiens les Knicks parce que je suis de New York. Mon choix est subjectif, au même titre que la formation des équipes. De ce fait, je pourrais aussi bien encourager les adversaires. En admettant que je vive dans la même ville qu'eux.

Tu crains, Carmelo ! Et dire que, dans certaines ethnies, on vénérerait ton comportement. Les Yanomami, par exemple, affectent une espèce de moue pour autoriser les autres tribus à pénétrer sur leur territoire.

Hé, l'arbitre, t'es aveugle ou quoi ? Si c'est le cas, je suis étonné qu'on t'ait laissé exercer jusqu'à maintenant. Pour des raisons évidentes, ton diagnostic me semble erroné. Bien sûr, je ne suis qu'un profane. Tu bénéficies sans doute d'une meilleure expertise que moi pour évaluer la situation. Je respecte ta profession et ta perspicacité. Je dirais même, d'une certaine manière, que j'accorde un certain crédit à tes erreurs de jugement. Tu es humain, c'est bien. Ne te dévalorise pas. Dans des moments comme celui-ci, souviens-toi de toutes les fois où tu as vu juste. Les choses sont parfois d'une telle complexité !

En défense ! En défense ! Ne négligeons pas l'attaque, bien sûr. En attaque ! En attaque ! Nous oublions trop facilement à quel point le jeu défensif a tôt fait de se transformer en jeu offensif. Les tactiques sont en évolution constante.

Faute ? C'est une plaisanterie ? Dans ce cas, merci. Le rire et le sens de l'humour sont sains. Grâce à eux, on peut transmettre des messages qui seraient trop difficiles à accepter en d'autres circonstances.

Sors-toi la tête du cul ! Tu dois être le type le plus souple que j'aie jamais vu.

Tentez les trois points ! Visez les prolongations ! Je sais que c'est dur à entendre, mais vous avez tous les deux vos chances. En ce moment, vous êtes dans l'œil du cyclone, aveuglés par la rage. Il s'agit d'une attitude normale, compréhensible. Pour être franc, l'absence de colère serait inquiétante. Les blessures ne se sont pas encore refermées.

Il y a eu des fautes, d'accord. Et des opportunités manquées, certes. Mais n'oubliez pas les bons moments : l'hymne national, l'entre-deux, le spectacle de la mi-temps… Des instants vrais, authentiques. Les mépriser s'avérerait aussi néfaste que de se focaliser uniquement sur les mauvaises périodes.

En fait, chacun pourrait sortir gagnant de l'affrontement. Peu importe le score. Qu'est-ce qu'un score, après tout ? Un chiffre arbitraire correspondant au nombre de fois où le ballon est entré dans un cercle. Ridicule, en comparaison du nombre de fois où vous avez triomphé de l'adversité. Pourquoi ne pas tenir compte de ces victoires ? Par exemple lorsque tout le monde, quel que soit son camp, court après une balle perdue ? Lorsque les notions d'équipe, d'ego disparaissent et qu'il ne reste plus qu'un ballon qui a besoin d'être récupéré.

Tant qu'à compter les points, comptons aussi les sourires. Ou les tapes dans le dos. Ou les simples gestes qui confirment à autrui que vous êtes sur la même longueur d'onde.

Quoi ? Vous voulez m'expulser des gradins ? Pour quelle raison ? On peut savoir ce que j'ai fait ?

Je parle trop ? Je suis bruyant et je dérange les autres ?

Eh bien, vos griefs sont justifiés. Les spectateurs tentent de profiter d'un événement sportif et mon enthousiasme débridé, mes commentaires sans fin et mes analyses méticuleuses entrent en conflit avec l'esprit du jeu.

Je comprends parfaitement votre raisonnement. Vous avez ma bénédiction. J'irais même jusqu'à vous remercier d'un tel rejet. Je ne mérite pas de justifier mon point de vue, puisque mon attitude a déjà confirmé le peu d'estime où je tiens les supporters, les équipes et le sport en général.

D'accord, pas de problème, je m'en vais.

Profitez bien du reste du match. J'espère que les Knicks vont l'emporter. Ou leurs adversaires. Ou pourquoi pas les deux, s'ils parviennent à transcender l'illusoire notion de victoire.

7

DÉVELOPPEMENT PERSONNEL

Ces sourires qui font croire à votre cerveau que vous êtes heureux

Quand j'étais petit, ma mère m'a raconté que je devais me forcer à sourire si je me sentais triste. Mon cerveau croyait ainsi que j'étais heureux.

Elle avait raison.

Maintenant, dès que j'ai un coup de déprime, je souris. Comme par magie, les idées noires s'estompent.

Les bienfaits de cette technique ne se limitent pas à l'illusion du bonheur. Je peux pratiquement me convaincre de n'importe quoi, pourvu que mon visage adopte l'expression appropriée à l'émotion que je veux ressentir. Lorsque je suis fatigué, par exemple, mes traits deviennent ceux d'une personne dynamique et j'éprouve dans la seconde un regain d'énergie. Quand j'ai faim, je fais comme si j'étais rassasié après un repas d'anniversaire et mon cerveau en déduit que j'ai l'estomac plein à ras bord.

Le mois dernier, je broyais vraiment du noir. Ma fiancée était partie avec mon patron qui, après l'avoir mise enceinte, m'avait viré. Inutile de préciser que j'étais plutôt abattu. Alors, devinez ce que j'ai fait. Oui, c'est ça : j'ai souri et, au bout de quelques minutes, je me suis senti mieux.

Cette amélioration ne suffisait pas à gommer tous mes problèmes. Par exemple, je ne pouvais plus payer mon loyer après mon licenciement. Au lieu de m'apitoyer sur mon sort et de me rabattre sur une sous-location, j'ai calé ma physionomie sur celle d'un locataire à jour de ses paiements. Et même si cela a pris un peu de temps, vous savez quoi ? J'ai été vraiment soulagé. Ma mère avait raison. Cette technique était prodigieuse.

Quand j'ai été expulsé de chez moi, je suis allé m'installer sous le pont Verazano, obligé de me blottir contre un clochard et son rat pour obtenir un peu de chaleur. Mon visage est devenu celui d'un homme résidant dans une somptueuse villa, nantie de deux piscines et d'un héliport. Vous savez quoi ? J'ai commencé à me sentir dans la peau d'un habitant de Beverly Hills. (J'ai même cru que j'avais acheté une nouvelle voiture à ma mère. Et vu ma tête, elle l'adorait.)

Lorsque les carences en vitamine C se sont déclarées, j'ai attrapé le scorbut. Affamé, je me suis résolu à mordre le clochard et son rat pour avoir quelque chose à mâcher. Eh bien, j'ai adopté la physionomie d'un convive se régalant d'un steak purée. Parfois, il suffit de quelques certitudes pour tout changer. Le clochard et son rat me parurent délicieux.

Le conseil de ma mère s'est avéré très utile quand j'ai entrepris de traquer mon ancien patron et mon ex-fiancée enceinte. Pendant que j'attendais devant leur maison, j'ai pris l'expression d'un individu qui ne rôderait pas dans les parages. Et quand ils sont sortis manger au restaurant, je les ai suivis dans une voiture volée. Mon visage était celui d'un type qui n'attenterait jamais à la propriété d'autrui.

J'ai établi ma surveillance aux abords du restaurant et, au moment du dessert, j'ai mis le rat du clochard dans un pot, que j'ai balancé dans la vitrine. L'animal était ensanglanté, paniqué.

À cet instant-là, j'ai opté pour un visage d'innocent. Immédiatement, l'apaisement s'est emparé de moi. Les solutions les plus simples sont souvent les meilleures.

Lorsque les clients se sont précipités hors de l'établissement, mon expression imitait celle d'un type qui ne s'attaquerait jamais à son ancien patron et son ex-fiancée enceinte. Un type qui n'irait jamais jusqu'à les poignarder avec un surin confectionné à partir d'une cuillère mâchonnée trouvée dans la poche d'un clochard.

Je ne m'étais pas rendu compte que le clochard en question m'avait suivi. J'avais volé son rat et sa cuillère favorite. Quelle coïncidence ! Au lieu de rougir de mes actes, je suis resté calme. Mes traits se sont illuminés comme si j'étais enchanté de voir rappliquer un mendiant assoiffé de vengeance. C'est là que j'ai été réellement heureux de l'apercevoir. Dingue, non ? Feindre jusqu'à la persuasion !

Et tandis que mon visage ne reflétait pas du tout les intentions d'un tueur de clochard armé d'une cuillère, le bien-être m'envahissait.

La police m'a arrêté. J'étais à mille lieues de ressembler à un SDF schizophrène qui vient d'occire son ancien parton, son ex-fiancée enceinte et son nouveau camarade de chambre. Même si les autorités refusaient de me croire, mon cerveau, lui, était à tel point convaincu de mon innocence que la félicité dominait. Avec assez de motivation, l'illusion peut être complète.

Durant tout le procès, j'arborais les traits d'un accusé qui n'oserait jamais jeter le rat qu'il vient d'adopter sur la défense. Quand on a lu le verdict, vous savez comment j'ai réagi ? Tout juste : j'ai remercié les jurés de m'avoir acquitté, un sourire jusqu'aux oreilles. La sensation était merveilleuse ; j'avais vraiment l'impression d'être relaxé.

En route pour la chaise électrique, j'ai fait comme si j'allais à Disneyland. Mon cerveau y croyait. J'étais aux anges. J'adore Disneyland. Au moment où ils ont abaissé la manette et où quarante mille volts ont parcouru mon corps, j'avais le visage extatique d'un passager de montagnes russes. Je souriais, encore et encore.

Cette démarche va vous paraître un peu naïve, mais il suffit d'un minimum de foi pour obtenir ce que l'on désire.

Si je la croisais aujourd'hui…

Si je la croisais aujourd'hui, par hasard, elle tomberait sûrement amoureuse de moi.

Difficile de faire autrement.

Je n'ai jamais été aussi en forme qu'à l'heure actuelle et, si elle me voyait, elle succomberait à mon charme pour l'éternité.

J'ai fait ma lessive ce matin. Mes vêtements embaument. J'ai non seulement lavé mes jeans, mais ce jean-ci en particulier : il me va spécialement bien le jour où je le passe à la machine. Les fibres s'unissent, rétrécissent légèrement pour mieux épouser la forme naturelle de mes jambes. Le jean souligne mon côté décontracté. Un pantalon moulant, à la fois intello et prolétaire. Elle trouvera cela irrésistible.

Si je la croisais aujourd'hui, elle verrait mes habits et penserait : voilà un type bien.

Si je la croisais aujourd'hui, elle verrait mes bras sillonnés de veines. J'ai fait une centaine de pompes ce matin. Trois séries de trente-trois, soit quatre-vingt-dix-neuf mouvements, auxquelles j'ai ajouté un dernier exercice. Enfin, la moitié d'un, mais je le compte quand même. Donc, les veines de mes bras ressortent un peu plus que d'habitude. Pour être honnête, elles sont hallucinantes. De quoi rivaliser avec un héroïnomane. Si elle les voyait, elle me prendrait pour un joueur de football américain, un capitaine de défense. Elle remarquerait l'entrelacs sur mes avant-bras et croirait que j'ai toujours été un type balaise. Je passerais les pompes sous silence. Mon corps parlerait pour moi.

De plus, je ne bois que des choses qui sentent bon. Il y avait un thé glacé à la menthe très sympa dans les rayons de la supérette latino ce matin. D'où mon odeur mentholée.

Je considère cette plante comme un ingrédient secondaire, mais c'est ce qui fait sa perfection. Si nous nous embrassons ce soir – je ne veux pas dire que ce sera automatiquement le cas –, mais si nous nous embrassons ce soir – ce qui n'est pas à exclure non plus –, j'exhalerai une légère fragrance de menthe. Elle songera que c'est mon musc naturel.

Elle pourrait arriver n'importe quand. Vraiment n'importe quand.

Bon, je vais encore lui donner un peu de temps.

Si je la croisais aujourd'hui, nous nous unirions pour toujours. En admettant qu'elle me voie à cet instant précis, toutes les pièces du puzzle s'emboîteraient. Elle s'apercevrait que je ne suis plus le loser mutique que l'on croisait parfois dans les couloirs du lycée, je ne suis plus ce gringalet dont la mère arrivait en avance à chaque match, afin de se poster au premier rang avec sa caméra. Elle verrait un adulte, un être accompli. Et plutôt admirable.

Je veux dire, regardez la manière dont mon père est parti. Comment ne pas m'aimer ? Si je la croisais aujourd'hui, elle me demanderait ce que je deviens. Je lui dirais la vérité. Une histoire tellement incroyable qu'elle serait béate d'admiration. Nous nous enfuirions ensemble. Notre mariage serait rapide. Si seulement elle pouvait arriver maintenant, bon sang !

Elle voudrait savoir pourquoi je suis en ville. Je lui répondrais : « J'étais avec ma tante. À quatre-vingt-quatorze ans, elle se sent un peu seule. Nous sommes sortis, puis j'ai songé à aller faire un tour à Central Park. Ma tante est géniale. » Après une seconde de silence, j'ajouterais : « Je la considère comme ma meilleure amie. » Je feindrais d'être gêné d'avoir une vieillarde pour amie. Elle trouverait mon expression adorable. Je hausserais les épaules.

Ensuite, elle me demanderait probablement ce que je compte faire ce soir. Une fois encore, j'aurais la réponse toute trouvée : j'ai des billets pour aller voir les Knicks. C'est un loisir trop vulgaire à ton goût ? Eh bien, figure-toi que j'y vais avec un copain anthropologiste. Tout à fait, voilà le genre de personne que je fréquente. Tu trouves toujours cela vulgaire ? Un match des Knicks avec un anthropologiste. Cultivé, populaire. Je suis dur à cataloguer, n'est-ce pas ? C'est ce qu'on appelle l'éclectisme.

Où est-elle, bon sang ? J'aurais parié qu'elle arriverait plus tôt. Je suis certain qu'elle est en ville. Jerry a dit qu'elle irait en ville ce week-end. Je vais attendre encore un peu. Elle va venir.

Quand je la verrai, je prendrai l'air surpris. Je la saluerai, puis marquerai une pause infime avant de dire son nom. Mon hésitation lui donnera l'impression que j'ai cherché parmi toutes mes connaissances. Je me justifierai : « Je suis très occupé ces derniers temps, tu sais. » Elle me demandera où j'habite. Une fois encore, autant avouer la vérité, puisqu'elle est flatteuse : « Dans le Queens. »

Je viens juste d'y emménager. Si je ne remporte pas la partie avec ce dernier argument, si elle ne révise pas complètement son opinion à mon sujet, c'est à désespérer. Enfin, quoi, le Queens ! Le plus intéressant des quartiers. Pardon ? Inégal ! Le Queens !

Si je vivais à Manhattan, elle me prendrait pour un snob, un prétentieux. Manhattan ! Je passerais pour un retraité nanti d'un parachute doré qui le dépose au centre du monde. Un choix tellement convenu. Manhattan.

Et le Bronx ? Le Bronx ! Comme si j'avais l'intention de rédiger un pamphlet. Pour quelle raison irais-je vivre là-bas ? Pour impressionner qui ? Quelle guerre perdue aurait pu me condamner à m'exiler dans ce coin ?

Staten Island ? Lui raconter que je réside à Staten Island ? Autant proclamer que j'habite sur Jupiter ou au Kansas, autant me tirer une balle dans la tête de désespoir. On m'oublierait si je disparaissais à Staten Island.

Brooklyn, alors ? Déménager dans le pire des endroits ? Un arrondissement de New York tellement minable que j'ai honte de vivre dans le Queens, autre arrondissement de la même ville. La moindre association, même la plus vague, me porterait préjudice. Brooklyn ! Pris d'assaut par des bobos aux yeux cerclés d'épaisses lunettes obtenues sous le régime de l'assurance universelle, par des joueurs de banjo ironiques et des graphistes à la solde de Saatchi & Saatchi qui se prennent pour des artistes postmodernes. Considérons que, sur une carte, Brooklyn se trouve au Canada et que j'aie le choix entre m'y installer ou mourir au Vietnam. Eh bien, je préférerais me faire tirer dessus dans les rizières que d'aller dans ce trou abandonné de Dieu. Et encore, cela voudrait dire qu'Il y a mis les pieds un jour.

Je suis dans le Queens. Le Queens ! Tellement cosmopolite. Conte-moi l'aventure, ô Queens ! Je peux lier connaissance avec toutes sortes d'individus, voilà l'avantage du coin. Je suis ouvert d'esprit. La couleur de peau m'indiffère.

Elle voudra sans doute passer chez moi, juste pour voir le quartier. « Et si nous allions au restau, ce soir ? » suggérera-t-elle. Bien sûr, allons à Astoria. Les restaurants ouverts de nuit ne manquent pas. « On pourra danser, après ? » Évidemment. Il y a tellement de boîtes à Corona qu'on appelle ce coin le Cube latino. Une blague idiote, typique du Queens. Tu as envie d'aller voir un match des Mets ? Eh bien, pourquoi pas ? Prends quelques jours de vacances avant de retourner en cours. On fera la grasse matinée, on se renseignera sur les horaires du stade. On prendra un petit déjeuner chez le Grec au bas de l'immeuble – le patron me connaît – et ensuite on louera des vélos pour aller à Citi Fiel. On se tiendra la main dans les gradins. « Ces places sont formidable, constateras-tu. On voit tout le terrain. »

Mince, quelle heure est-il ?

Je vais devoir rentrer. Où est-elle ? Impossible d'éviter Central Park. On passe automatiquement par là quand on va voir ses parents aux vacances de Pâques. Itinéraire obligatoire. C'est le plus bel espace vert de la ville. Ou de l'État, je ne sais pas. En tout cas, l'endroit est super. Je doute que quiconque soit déçu après une visite. Personne ne sortirait d'ici en secouant la tête : « Ce n'est pas pour moi. »

Alors je suis certain qu'elle viendra y faire un tour. Quand on était au lycée, ses parents habitaient sur la 79e. Peu probable qu'ils aient déménagé. J'imagine qu'elle empruntera l'entrée Nord. Sauf s'ils sont partis. Une éventualité inconcevable. Sauf qu'avec la crise et tout le reste… Non, ils sont sans doute propriétaires. Pas de locataires dans le quartier. Je me souviens qu'ils étaient plutôt aisés. Elle portait toujours des vêtements adorables. Des genres de loques, mais plutôt classe. Un petit caban en laine, un petit caban froissé en laine. Elle était capable de rendre la laine sexy, d'amener les gens à ressentir l'animal sous la toison. Logique, puisque c'est de la fibre animale. La laine est passée de mode.

Aujourd'hui, on préfère le latex, le lycra, enfin les matières artificielles. Très peu pour moi ! J'aime les choses authentiques, tangibles. Je l'aime elle. Elle va apparaître d'une seconde à l'autre, j'en suis sûr.

Il faut simplement attendre, se tenir prêt. Je n'ai guère le choix, de toute façon. « Lorsque la chance se présente, il faut se tenir prêt. » Qui disait ça ? Mon père, je crois. Non, quelqu'un de célèbre. Ce doit être une citation connue. Je l'ai paraphrasée.

Je n'ose pas imaginer qu'elle soit encore avec cet imbécile, ce peintre abstrait. Leur relation était vouée à l'échec, ils en avaient tous les deux conscience. La dernière fois que je l'ai vue, lors de cette fête débile, elle était encore sous le charme. « Il est tellement gentil. Tu ne le connais pas, mais c'est la gentillesse incarnée. » *Gentil ?* Moi, je suis *gentil.* Tout le monde est *gentil.* Cette tournure d'esprit est à la portée du premier venu. Simple comme bonjour. *Gentil !* Quelle espèce de crétin ! *Gentil !* Moi, je lutte pour ma vie, je souffre chaque jour que Dieu fait, et pourquoi ? Pour être consistant, pour apporter ma pierre à l'édifice. Mais non. Lui, il est *gentil.* Va donc vendre des assurances automobiles ! *Gentil.* Il mériterait qu'on l'achève, tiens.

Qu'est-ce que je fabrique là, à regarder tous ces passants qui n'ont rien à voir avec elle ? Qui sont ces imbéciles ? Je suis insignifiant à leurs yeux. Ils se moquent que j'aille voir un match des Knicks en compagnie d'un anthropologiste ou que je sorte de chez ma tante, âgée de quatre-vingt-quatorze ans.

Ils n'arrivent pas à la cheville de celle que j'attends. Peu leur importe que mon jean m'aille à la perfection et que mes veines ressortent de la plus éclatante des manières. Ils se contentent de poursuivre leur chemin, comme si leur existence avait une quelconque valeur tandis que j'agonise.

Pas un seul d'entre eux ne remarque mes qualités, ma personnalité, toutes ces choses qui se perdent alors que la vie me fuit et que je meurs seul, loin d'elle, sans avoir pu lui montrer à quel point j'étais génial avant que les fibres de mon pantalon ne se relâchent et que les veines ne s'estompent sur mes bras émaciés. Toute cette splendeur gâchée ! Et pour quoi ?

Quel est l'intérêt d'aller rendre visite à ma tante ? Quel avantage à vivre dans le Queens ? Je hais ce quartier ! Il est loin de tout. Je dois prendre trois métros juste pour arriver à un métro. Et puis je déteste faire des pompes, je déteste le basket et je déteste mon copain anthropologiste. Il ne sait parler que des îles Samoa. Je suis au sommet de ma forme et personne ne s'en aperçoit. Regardez-moi ! Regardez-moi, bon sang ! Espèces d'êtres insipides. Bande d'idiots, crétins de touristes ! Où est-elle ? Cette histoire est ridicule. Où est-elle ? Je deviens fou. J'ai mis mon jean. Mon jean !

D'accord, calmons-nous. Restons positif. Tu ignores à quoi ressemble sa vie. Tu n'as aucune idée de ce qu'elle fait à l'heure actuelle. Elle est peut-être assise quelque part, à t'attendre. Voilà l'hypothèse la plus probable. Telle est l'ironie du sort, n'est-ce pas ? L'ironie cruelle de mon sort.

Non. Je suis sûr qu'elle va arriver.

Patience.

Je me souviens parfaitement des propos de Jerry. Mais Pâques a lieu le week-end prochain, je peux me tromper. Peut-être qu'elle viendra dans une semaine. Je n'ai jamais fêté Pâques. Non, je suis certain qu'il s'agissait de ce week-end. Je devrais sans doute appeler Jerry.

Bon, je vais lui donner encore quelques minutes. C'est la meilleure solution. Une minute ou deux, puis je rentre chez moi.

Oui, encore une minute.

Une petite brute bien renseignée

Tiens, tiens, si ce n'est pas ce petit Tommy. File-moi l'argent de ton repas, crevette ! Allez, dépêche-toi. Quoi ? Tu as peur ? Tu t'inquiètes de la situation financière de ta famille maintenant que tes parents sont séparés ? Donne-moi un mouchoir, je vais pleurer. Tu te crois sans doute responsable, hein ? Même si maman t'assure que tu n'y es pour rien, que ce n'est pas ta faute si papa est tombé amoureux de son assistante dentaire avant de s'enfuir dans un âshram en Oregon, tu te sens coupable. Tu t'adresses des reproches : « Si je les avais davantage aimés, si j'avais eu de meilleures notes ou si j'avais été plus gentil avec grand-mère quand elle était à l'hôpital après son attaque en novembre, ils seraient toujours ensemble. » Et maintenant, tu vas être obligé de me passer l'argent que ta mère te confie chaque matin parce qu'elle est incapable de te préparer le déjeuner, trop sonnée par l'Ambien qu'elle prend pour remédier à ses insomnies. J'en ai les larmes aux yeux.

Tiens, tiens, si ce n'est pas ce bon vieux M. Sellowitz, notre professeur de mathématiques, qui me prend sur le fait en train de racketter Tommy.

Eh bien, écoutez ça, monsieur Sellowitz : je ne suis pas Claude Monet. Oui, vous avez bien entendu. Je sais que vous vous sentez menacé par moi, seulement m'associer inconsciemment à Monet ne vous servira à rien. D'accord, vous rêvez des Beaux-Arts depuis que vous avez mon âge et aujourd'hui vous vous retrouvez prof de math avec des sixièmes au collège. Donnez-moi un mouchoir, je vais pleurer. Vous étiez sûrement persuadé d'être un futur impressionniste quand, au lycée, vous avez monté une installation postmoderne en hommage aux *Nénuphars* : une projection 3D sur un aquarium où flottaient de véritables plantes. Quel dommage ! Ce n'était pas assez pour intégrer l'académie et pas assez non plus pour votre beau-père, Aaron Segura. Le célèbre critique d'art n'a jamais apprécié vos tentatives. Désolé, prof !

Tiens, tiens, si ce n'est pas le principal O'Malley, qui veut me renvoyer pour avoir racketté Tommy et répondu à M. Sellowitz. Je parie que vous adorez punir les gens, hein ? Exercer votre pouvoir limité sur un adolescent tyrannique. Vous devez vous sentir puissant, pas vrai ? En particulier depuis que vous avez expérimenté la calvitie précoce à l'âge de seize ans. Donnez-moi un mouchoir, je vais pleurer. Vous avez tout essayé, n'est-ce pas ? D'abord l'homéopathie, parce que vous étiez trop gêné pour parler de votre problème à votre médecin. De toute façon, vous ne pouviez pas vous payer un traitement digne de ce nom. Vous avez mangé des sardines tous les jours pendant un an, dans le vain espoir d'atténuer les dégâts. Et lorsque vous avez pu vous offrir de la Propecia, il était trop tard. Vous aviez perdu trop de cheveux ; la Propecia est inefficace lorsque les follicules sont morts, spécialement dans la région des lobes temporaux, où vous étiez le plus dégarni. Comme c'est triste.

Tiens, tiens, si ce n'est pas mon père, qui vient me chercher suite à mon renvoi, consécutif au racket de Tommy, aux insolences vis-à-vis de M. Sellowitz et à l'argumentation selon laquelle la soif de pouvoir du directeur proviendrait d'un traumatisme lié à une calvitie précoce. Merci de me ramener à la maison, papa. Trouves-tu cet aller-retour bizarre en plein milieu de journée ou bien cela souligne-t-il que maman est la seule à avoir un vrai travail ? As-tu la confirmation, à un niveau plus ou moins inconscient, d'avoir perdu toute fierté, toute virilité ? Est-ce qu'au début tu étais satisfait que maman bosse au cabinet d'avocats tandis que tu restais à la maison pour élever les enfants ? Est-ce que tu te vantais auprès de tes amis d'avoir su échapper aux vieux modèles sexistes ? Donne-moi un mouchoir, je vais pleurer. N'éprouves-tu pas le besoin impérieux de réintégrer ta place dans le monde, même pour un job modeste, juste histoire d'être à nouveau un homme ? Le roman que tu comptais écrire sur ton temps libre ne verra jamais le jour, tu l'as maintenant compris. Ta vie se résume à errer dans la maison en survêtement sale, à regarder l'heure et à attendre le retour de ta femme, celle que tu croyais si bien connaître et qui fait désormais bouillir la marmite. Pauvre type !

Tiens, tiens, si ce n'est pas la terreur du collège consignée dans sa chambre après avoir rackettė Tommy, répondu à M. Sellowitz, confronté le principal à ses démons intimes et achevé de castrer son père. Face au miroir, la petite brute se pose des questions sur son comportement. Moment d'introspection d'un récidiviste endurci. Quel cliché ! Si ce n'est pas malheureux. Donnez-moi un mouchoir, je vais pleurer. Tu penses sans doute qu'utiliser ton extraordinaire perspicacité pour persécuter les autres te soulage ? Que le sarcasme te protège ? Si personne ne s'attache à toi, tu crois que tu ne souffriras pas ? Et si l'on ne t'aime pas, tu pourras demeurer dans ta bulle protectrice ? Eh bien, va te faire voir !

8

LANGAGE

La critique de Nick Garrett concernant
le nouveau livre de Rachel Lowenstein,
Un cœur en fuite

Cara Dawson, l'infortunée héroïne du roman dont toute la presse parle en ce moment, *Un cœur en fuite*, déclare : « La terre entière et tous ses habitants m'aiment ! »

Certains imaginent que l'auteur partage ce sentiment. Le monde des lettres semble avoir succombé au charme de cette romancière dans le vent, la prometteuse Lowenstein, trente-six ans. Et bien que l'engouement progresse, on sent confusément que les intensions littéraires de la jeune coqueluche sont pour le moins fumeuses.

On a loué le talent tragicomique avec lequel Lowenstein dépeint la mue de Cara Dawson, de romantique impénitente à célibattante inflexible. Les clubs de lecture se sont empressés de prendre fait et cause pour cette critique de la société machiste qu'ils estiment sincère.

Mais pourquoi tant de haine ? Lowenstein évoque dans plusieurs interviews son expérience malheureuse avec un individu particulièrement narcissique ; une expérience qui l'a amenée à écrire ce best-seller. Selon elle, le roman apporte la preuve que « les femmes n'ont pas besoin d'amour pour être heureuses ». On pourrait se demander ce que l'écrivaine a fait à cet homme mystérieux pour le rendre si égocentrique. Il faut être deux pour danser le tango, mademoiselle Lowenstein. *Deux.*

Comme Ayn Rand avant elle, Lowenstein a prétexté une vague histoire pour faire passer son message : dans le cas présent, une attaque en règle contre un homme de toute évidence inoffensif.

L'intrigue débute quatorze ans auparavant. Nous faisons la connaissance de Cara, une élève de cinquième dans la banlieue de Philadelphie. Maigre et solitaire, la jeune fille s'obstine à chercher l'âme sœur. Des étoiles dans les yeux, elle tombe sans cesse amoureuse de bellâtres qui l'ignorent.

Encore vierge, Cara termine le lycée sans avoir embrassé un seul garçon. Mlle Lowenstein n'hésite d'ailleurs pas à en plaisanter, qualifiant cet épisode de « malheureusement vrai ». À l'université, Cara croise dans un ascenseur un jeune homme baptisé Mick Barrett. Elle confiera le soir même à sa colocataire : « J'ai rencontré l'âme sœur. »

Cette déclaration prématurée paraît tout d'abord charmante. Mais ses attentes envers Barrett sont visiblement excessives. Cara envisage-t-elle une seconde que le statut d'âme sœur soit un fardeau trop lourd à porter pour un étudiant de seconde année ? Si l'on ajoute le stress provoqué par la séparation récente des parents de Barrett (un événement à dessein éludé par Lowenstein), Barrett n'est peut-être pas le candidat idéal pour mener une vie d'époux et de père. Fort opportunément, Cara semble n'avoir aucune conscience de cet aspect des choses.

Votre humble critique est-il le seul à trouver que Mick Barrett est l'unique personnage sympathique du roman ?

Cara et lui commencent à se fréquenter. En apparence, leur relation est stable mais, avec le recul, on entrevoit aisément des fêlures sous le vernis. Par exemple, en fin de cursus, Cara obtient un master en création littéraire, tandis que Barrett opère un choix plus raisonnable et, sous l'influence de Cara, qui l'a incité à poursuivre dans cette voie alors qu'il possédait des dons certains pour la peinture, se contente d'un diplôme d'économie. « Il ne doit y avoir qu'une artiste dans la famille, aurait-elle décrété dans un passage vraisemblablement coupé de la version finale du roman. J'ai besoin d'un homme qui puisse nous entretenir, moi et les enfants, pendant que j'écris. » De toute évidence, Cara a continué dans le même registre jusqu'à broyer les rêves que Barrett nourrissait vis-à-vis d'une carrière artistique.

Le couple emménage à Westchester. (Le lecteur perspicace remarquera que Barrett aurait préféré passer encore quelques années en ville.) Cara peut ainsi jouir de la quiétude appropriée à la rédaction de ses précieux ouvrages. Au passage, on demande au lecteur d'approuver la noblesse du roman en raison d'une pureté supposée. Comme si l'élan créatif était moralement équivalent à la lutte contre le cancer. Barrett se retrouve obligé de travailler dans une agence de publicité au sud de Westchester, dans un quartier que Lowenstein qualifie à tort de « bigarré ». En effet, lorsque celle-ci est allée rendre visite à son mari sur son lieu de travail, elle s'est rendu compte avec effroi que l'agence se situait à deux pas du Bronx. « Bigarré » est un euphémisme que seule une femme de lettres avec une cuillère en or dans la bouche est capable d'employer pour décrire le lynchage perpétré par la myriade de cultures qui, selon elle, déferle sur la nation au quotidien et auquel elle estime avoir échappé de justesse.

Lowenstein continue à diaboliser Barrett d'une façon incroyablement machiavélique pour le lecteur guère habitué à côtoyer des femmes aussi retorses. Pour un peu, le livre ressemblerait à une biographie de Mussolini.

J'en veux pour exemple l'épisode où Cara désire consacrer une journée à son grand œuvre avant d'aller à l'anniversaire de sa mère. Le matin, elle demande à Barrett s'il peut faire un détour chez le teinturier, afin de récupérer le chemisier rouge qu'elle compte porter au dîner. Son mari accepte. Franchement, que peut-il faire d'autre, maintenant que sa vie est devenue une morne succession de travaux ménagers ?

Cara se met donc au travail dans son bureau, pièce interdite à Barrett. (*Quelle surprise* !*) Le soir venu, celui-ci rentre du travail les mains vides. Il murmure que le teinturier était fermé, mais le lecteur est clairement censé éprouver de la compassion, telle que l'on en ressent généralement pour les malades en phase terminale, envers la pauvre Cara dépourvue de chemisier.

Lowenstein néglige de mentionner que le dernier train de banlieue est à 18 h 36 alors que le teinturier ferme à 19 heures pile. Barrett doit soit prendre celui de 17 h 48 qui s'arrête à Larchmont, soit opter pour celui de 18 h 36 et sprinter jusqu'au magasin en costume cravate, après une journée de labeur harassant. Cara est romancière, elle n'a pas d'emploi du temps précis. Pourtant, c'est Barrett qui est tenu pour responsable du chemisier manquant. Une fois encore, le lecteur est soumis à une vision partiale de la situation, où Cara endosse le rôle de la victime et Barrett celui du tire-au-flanc.

Le chapitre suivant est consacré à la réconciliation des tourtereaux sur l'oreiller. Curieusement, la prose se fait majestueuse, dévoilant les qualités littéraires de Lowenstein quand elle s'intéresse enfin à ses personnages. La description du visage de Barrett endormi s'avère de toute beauté : « Le clair de lune caressait ses traits doux. Cara aurait voulu arrêter le temps afin de le contempler pour l'éternité. »

La romancière prend véritablement son essor dans les pages où elle s'attarde sur les ébats passionnés du couple : « Les va-et-vient de Barrett étaient des missions d'exploration. Il colonisait son corps vierge, s'emparait de son intimité et envoyait des frissons le long de son échine d'airain. »

Ces magnifiques passages redonnent de l'espoir au lecteur. Après tout, Lowenstein a peut-être un avenir dans le monde des lettres. Elle va sans doute entendre raison et revenir à plus de réalisme concernant Barrett. Ou du moins concernant l'individu dont elle s'est inspirée.

Mais, bien vite, les fulgurances s'estompent. *Un cœur en fuite* ne tarde pas à retomber dans ses vieux travers : la vindicte ordinaire (et éculée).

L'auteur entreprend ensuite de détailler l'inévitable déclin de leur union d'une façon qui semble, à mon avis, terriblement déloyale. Lorsque Barrett explique à sa dulcinée qu'il ne veut pas que sa mère passe le week-end chez eux, elle le traite de tyran. Barrett s'étonne. Un simple refus ne justifie pas ce terme. Cara sort de la maison en claquant la porte. Ce que Lowenstein oublie, c'est combien la mère de Cara est envahissante et manipulatrice. Probablement la femme la plus exaspérante de la côte Est. (Après avoir lu les deux cents pages de diatribes prétendument féministes que sa progéniture ressasse dans *Un cœur en fuite*, personne ne s'en étonnera.) Un jour, Barrett a conduit soixante kilomètres sous la neige pour aller la chercher. Elle refusait de prendre le bus en raison des odeurs douteuses qu'elle y décelait.

Le chapitre où Cara demande enfin le divorce – point culminant de l'intrigue selon Lowenstein – n'est qu'une tentative pathétique de s'attirer la sympathie, alors que l'héroïne sait pertinemment qu'elle a tort : elle ne devrait pas quitter son époux, et encore moins de cette manière-là. Changer les serrures tandis qu'il était au travail constituait une humiliation sans pareille. Il s'est senti rabaissé, nié. Il ne lui en voulait même pas. Une solitude immense l'accablait.

Ils avaient vécu de bons moments, vraiment. Aveuglée par la colère, Cara aura sans doute du mal à se souvenir des sentiments qu'ils éprouvaient l'un pour l'autre, mais leur amour était authentique. Et Barrett ferait tout pour de nouveau passer une de ces journées magnifiques en sa compagnie.

Il espère que Cara lira ces lignes, j'imagine. Dans ce bar à narguilés qu'ils fréquentaient sur Peterson ou dans ce parc, au pied de la statue de cheval vandalisée sous laquelle ils avaient l'habitude de s'embrasser, pourquoi pas ? Ils pourraient peut-être se revoir, si Cara l'acceptait. Pas pour reprendre une relation, mais pour parler, dissiper les malentendus. Il pourrait lui avouer qu'il est fier d'elle, qu'elle mérite d'avoir du succès, et qu'il a toujours su qu'elle arriverait à accomplir de grandes choses.

Il veut simplement la regarder dans les yeux et lui dire qu'il l'aime. Sentir sa main dans la sienne une dernière fois et caresser sa paume du bout des doigts. Malgré tout, il l'aime encore. Et ne cessera jamais de l'aimer.

Note : 1,5 étoile.

Une nouvelle rédigée grâce à un procédé d'écriture télépathique

Ce jeudi ressemblait à un lundi pour John. Il aimait les lundis. Il s'épanouissait dans son travail. Le vieux cliché selon lequel on devait honnir les débuts de semaine lui semblait absurde. Il refusait de se plaindre de la routine et de participer aux conversations vides de sens, du genre :

« Comment était ton week-end ?

— Trop court. »

Oui, John aimait son travail et il n'en avait pas honte.

Je me resservirais bien un capuccino, vu que je suis assis là avec ma tasse vide. Seulement, après, je vais être une pile électrique. Essayons le déca. Non, c'est une idée stupide. Je ne vais pas payer pour un décaféiné, ça n'en vaut pas la peine.

John était toujours impatient que le week-end se termine. Le cadre formel de l'entreprise lui manquait. Quand il était plus jeune, il avait l'habitude de rester après les cours le vendredi soir et d'arriver en avance le lundi. Une manie à propos de laquelle sa mère était partagée. D'un côté elle était admirative, de l'autre elle assimilait ce zèle à des heures supplémentaires.

Bon sang, je suis encore en train d'écrire un torchon.

À présent, John passait ses week-ends à faire du jardinage dans la maison style Tudor que lui avait laissée Rebecca après le divorce. Rebecca et ses yeux en amande, à la fois dans la forme et dans la couleur. Elle ne pourrait jamais être son ennemie.

La serveuse n'arrête pas de me reluquer. Elle va sûrement me demander de partir si je ne consomme rien. Je la trouve assez séduisante. Pas ses cheveux – trop filasse pour moi. Son visage, en revanche, est joli. Il faudrait vraiment que je commande quelque chose.

Leur divorce s'était déroulé sans anicroche. John dirait souvent à ses parents : « Rebecca et moi nous entendons mieux maintenant que lorsque nous étions mariés. » John guettait le jour où son ex-femme et lui, accompagnés de leurs nouveaux partenaires, se remémoreraient leur union sous un jour favorable, tels deux adultes responsables.

Je vais peut-être me contenter d'une tarte au potiron. Comme ça, je pourrais rester sans avoir à commander un nouveau café. Je n'ai pas envie de donner mon nom. Et encore moins d'attendre, gêné.

Pour être honnête, John se sentait seul dans cette grande maison durant les week-ends. Les parents de Rebecca avaient eu la générosité de lui laisser la villa, bien qu'ils en fussent propriétaires. Il s'acharnait à essayer de faire décoller sa carrière d'écrivain – je veux dire de peintre. Son ex-femme et sa belle-famille l'avaient soutenu même pendant la séparation.

Peut-être que cette serveuse me trouve canon. Je porte ma chemise bleue. D'accord, elle a des cheveux filasse, mais qui suis-je pour juger ? Pour qui est-ce que je me prends ? Cary Grant ?

Aujourd'hui, John travaillait à mi-temps au cabinet d'avocats Fleustein & Kaplowitz, histoire de se remettre sur les rails. Il s'était donné six mois pour économiser afin de payer sa part de la maison aux parents de Rebecca et d'avoir du temps libre pour se consacrer à l'écriture – non, à la peinture. Dans quelques mois, il serait de nouveau d'attaque, peut-être même en couple. Avec la serveuse, pourquoi pas ? D'une façon paradoxale, le mi-temps semblait lui offrir la stabilité dont il avait besoin.

C'est nul. Nul de chez nul.

Dans ses moments d'introspection profonde, John était bien obligé de s'avouer qu'il détestait son travail. Qui croyait-il leurrer ? Il était à mi-temps. Personne ne voulait bosser à mi-temps. Non seulement cela renforçait le sentiment de précarité, accentué par une vision cynique du marché du travail, mais cela gâchait aussi la seule activité à laquelle il prenait du plaisir : écrire des nouvelles – ou plutôt peindre. Peindre ! John prenait du plaisir à peindre !

Je crois que j'ai besoin d'aller soulager ma vessie.

John était très doué pour la peinture.

Tous les gens qui attendent devant la porte des toilettes ressemblent à des SDF. Je ferais mieux de rentrer chez moi pour me tourner les pouces.

John se demandait comment Steve Bowman, son ancien copain de fac, faisait pour s'en sortir alors que lui stagnait dans un temps partiel, mû par l'espoir illusoire de rembourser les parents condescendants de Rebecca. Il n'avait même pas envie d'avoir la maison. Steve Bowman n'était qu'un journaliste sans talent qui avouait écrire – peindre ! – pour emballer les filles. « Emballer les filles », c'était son expression. Dire que Rebecca le trouvait intéressant et qu'elle envisageait d'avoir « une vraie relation avec lui ». J'espère qu'ils choperont le cancer. Quel genre de relation ils avaient eu, John et elle ? Qu'est-ce que ça signifiait, « vrai » ? Peut-être que si les parents de son ex-femme l'avaient laissé respirer au lieu de l'étouffer chaque fois que l'occasion se présentait, avec leur charité chrétienne hypocrite, sa relation conjugale aurait été aussi vraie que celle de Steve. Bonne chance, mon vieux. J'espère que tu aimes les belles-mères décomplexées.

Je vais sans doute opter pour un capuccino. Cette serveuse est vraiment mignonne. J'aimerais tirer ses cheveux filasse tandis que nous forniquons sauvagement par terre.

À la nuit tombée, John irait souvent se planter devant la fenêtre du nouveau domicile de Steve et Rebecca.

Elle a sûrement un tatouage dans le dos, cette garce.

Il espérerait en secret les voir se disputer. Il fantasmerait sur leurs silhouettes. Rebecca enverrait le téléphone sur Steve. Ce dernier tenterait d'esquiver, mais recevrait quand même l'appareil au visage. Ces pensées l'émoustilleraient.

Je lui dirai un truc cool, du style : « Le café n'est pas le seul truc chaud dans cet établissement. » Elle répondra : « Je termine à 19 heures ». Et moi : « Je n'ai pas de vrai boulot, alors n'importe quel horaire me convient. » Bon sang, je rêve ou quoi ? Je suis un minable. Elle ne s'intéressera jamais à moi. Je suis trop nul, même pour une serveuse avec des cheveux filasse et un tatouage de garce dans le dos.

Bien sûr, John ne vit jamais rien dans l'appartement de Steve et Rebecca. Il songea à uriner dans une bouteille et à lancer le récipient contre leur fenêtre, mais le courage lui manqua. Il n'était qu'un pauvre type incapable de commettre ne serait-ce qu'un acte de vandalisme mineur. Un écrivain – un peintre ! – raté, voilà ce qu'il était. Dépourvu de bureau, obligé d'écrire – de peindre ! – au Starbucks du coin parce qu'il avait été viré de chez Fleustein & Kaplowitz. On l'avait surpris à photocopier ses histoires – ses peintures –, alors qu'il était censé dupliquer des attendus légaux pour ces avocats véreux à la solde du Capital. Rebecca ne se remettrait jamais avec lui. Personne ne l'aimerait. Il mourrait gras et chauve, isolé et ruiné dans cette maison horrible que ses beaux-parents lui avaient cédée afin qu'il y étouffe et périsse.

Ou alors, je choisis un thé. J'aime bien les sachets à l'hibiscus. Le goût est doux, mais pas trop. Une saveur appréciable.

Je vais peut-être aussi m'offrir une tranche de tarte au potiron. J'en ai déjà pris, je crois. C'était bon. Un produit saisonnier. Je n'en ai pas vu depuis un moment.

Un thé, une collation, et retour au travail. Je sens que ça vient. J'ai eu un peu de mal au début mais, maintenant, j'ai pris le rythme. Un processus étrange. D'abord, on pense que l'on ne va pas y arriver et, soudain, les mots viennent tout seuls, on ne peut plus s'arrêter. Je suis un peu trop dur envers moi-même. J'ai tendance à me fustiger sans aucune raison. Maintenant, je suis dans le bain. Alors, un thé. Ce thé succulent à l'hibiscus.

Et retour au travail.

Si je parlais couramment…

Le français

UN FRANÇAIS DANS UN TRAIN : Regarde cet Américain. Il a vraiment l'air d'un imbécile.

UN AUTRE FRANÇAIS DANS UN TRAIN : Oui. Les Américains sont tous des imbéciles. Dans le fond comme dans la forme.

PREMIER FRANÇAIS : Heureusement qu'il ne comprend pas ce qu'on raconte. Il ne doit parler que l'anglais.

DEUXIÈME FRANÇAIS : Tu m'étonnes.

PREMIER FRANÇAIS : C'est bien connu. Les Américains ne parlent que leur langue.

DEUXIÈME FRANÇAIS : Continuons à nous moquer de lui.

PREMIER FRANÇAIS : Oui, c'est tellement amusant. On ressent le danger parce qu'il est juste devant nous et, en même temps, on ne risque rien puisqu'il ne parle pas français.

MOI : En fait, je parle couramment votre langue. Je comprends tout ce que vous dites depuis le début.

DEUXIÈME FRANÇAIS *(rouge de honte)* : Oh, mince.

MOI : Vous pensez m'insulter, et c'est pourtant vous qui rougissez. Vos suppositions condescendantes, vos préjugés linguistiques sont un affront pour vous et vos compatriotes.

PREMIER FRANÇAIS : Il a raison. Je suis confus.

DEUXIÈME FRANÇAIS : Oui, il vient de montrer aux yeux du monde entier à quel point nous sommes arrogants et stupides.

L'hindi

SERVEUR INDIEN AU RESTAURANT : Bonjour, monsieur. Bienvenue dans notre restaurant traditionnel. Désirez-vous des renseignements sur le menu ?

MOI : Oui. Pourquoi votre nourriture me rend-elle malade ?

SERVEUR : Parce que l'on sert nos pires épices aux Américains. Celles qui donnent la diarrhée.

MOI : Ah bon ?

SERVEUR : Oui. C'est la politique officielle des restaurants indiens.

MOI : Que servez-vous aux habitués ?

SERVEUR : De meilleurs plats. Des plats qui se digèrent bien.

MOI : Je peux en commander ?

SERVEUR : Oui, bien sûr. Puisque vous l'avez demandé en hindi, je me sens plus enclin à vous satisfaire.

MOI : Merci.

SERVEUR : Ne répétez pas à vos compatriotes qu'il existe des menus qui ne donnent pas la diarrhée.

MOI : Évidemment, je serai muet comme une tombe. Ce sera notre petit secret.

Le portugais

GANGSTER BRÉSILIEN : Salut, touriste ! Je vais t'enlever et demander une rançon pour des motifs politiques ou financiers.

MOI : Non, s'il vous plaît. Ne faites pas ça !

GANGSTER : Attends un peu. Tu parles portugais ?

MOI : Oui. Couramment.

GANGSTER : Eh bien, dis donc ! Tu as appris où ?

MOI : À New York, dans une école qui forme principalement les diplomates et les experts internationaux.

GANGSTER : Tu veux parler de la Learning Annex ?

MOI : Tout à fait.

GANGSTER : Sur la 103e Rue ?

MOI : Exactement. Vous connaissez cet établissement ?

GANGSTER : Le contraire serait étonnant. C'est l'un des meilleurs de l'Upper West Side.

MOI : Bien vu.

GANGSTER : Je ne vis pas dans une bulle, tu sais.

MOI : Évidemment. Toutes mes excuses. Vous comptez toujours m'enlever ?

GANGSTER : Non. Tu es un ami, par conséquent tu es libre de circuler.

MOI : J'ai été ravi de vous connaître.

GANGSTER : Moi de même. Bonne chance pour tes études.

MOI : Et vous pour votre guerre.

L'araméen

JÉSUS : Excuse-moi, païen.

MOI : Jésus ? Qu'est-ce que tu fabriques à New York ? Tu es de retour ?

JÉSUS : Non. Je voulais juste essayer le nouveau restaurant Shake Shack dont tout le monde parle.

MOI : Oui. Leurs hamburgers sont délicieux.

JÉSUS : J'ai entendu dire qu'il y avait beaucoup d'attente.

MOI : La queue est longue, mais ça avance vite.

JÉSUS : Ça t'intéresserait de venir avec moi ? Je me sens un peu seul en ce moment. J'ai besoin de compagnie.

MOI : Toi, seul ? J'étais persuadé que tu avais au moins un milliard d'amis.

JÉSUS : Penses-tu ! La solitude frappe tout le monde, moi y compris. Personne ne comprend l'araméen, sauf ce professeur de théologie à Columbia. Un type super louche. Il n'arrête pas de me poser des questions intimes sur ma mère.

MOI : Bonjour l'angoisse.

JÉSUS : J'étais carrément sur le point de l'accuser de harcèlement. Il voulait savoir si le suaire de Turin était authentique. J'avais envie de lui dire de se mêler de ses affaires.

MOI : J'ignore ce qu'est le suaire de Turin.

JÉSUS : Voilà pourquoi je serais vraiment soulagé de traîner un peu avec toi. Tu aimerais faire partie de mes amis ?

Moi : Oui, pas de problème. Mon copain Jeff vient juste de déménager à Boulder pour ses études. J'ai du temps libre.

Jésus : Génial ! Maintenant qu'on est potes, tu as ta place assurée au paradis.

Moi : Ah bon ? Même si je me comporte mal ?

Jésus : Ouais. Vu que tu parles ma langue, les portes te seront toujours ouvertes.

Mes spams se donnent du mal

Destinataire : moi
Expéditeur : Alexxxa
Objet : tu me manques

Salut mon chou.

Tu es où ? J'ai envie de te voir. Je suis nue devant ma Webcam. Je t'attends.

En fait, je t'attends depuis si longtemps que je me suis mise au tricot. Une activité à la fois pénétrante et ludique. Je suis sur le point de terminer mon premier pull. Je serai peut-être plongée dans la confection d'une courtepointe au moment où tu t'abonneras, alors ne te vexe pas si je mets un peu de temps à répondre. Désolée.

Le simple fait de penser à toi m'excite.

Pour me calmer, je relis Chaucer. Une découverte à chaque lecture. Quelle profondeur ! Et quel sens de l'humour (trompeur) ! Je meurs d'impatience, mon chou. Je serai peut-être accaparée par les *Contes de Canterbury* au moment où tu t'abonneras.

Si je suis occupée, n'hésite pas à contacter une de mes amies. Trixxxie ou Roxxxana devraient te plaire. Bien sûr, je préférerais que tu me choisisses, mais je comprendrais parfaitement que tu ailles voir ailleurs. Le concept de monogamie virtuelle me semble dépassé, de toute façon. Je ne me fixe pas de limites. J'aimerais rencontrer des Parisiens pervers ou des Africains. Jouer d'un instrument, en plus de ceux que je maîtrise déjà.

Appelle-moi.

Ou pas.

Comme tu veux.

<3 Alexxxa 3>

Destinataire : moi
Expéditeur : M. Jeffrey Obassanjo
Objet : urgent !

Cher monsieur ou madame,

Je suis au regret de vous informer du décès de mon oncle, un riche prince nigérian. À sa mort, nous avons découvert qu'il possédait 48 MILLIONS DE DOLLARS.

Malheureusement, pour toucher l'argent, nous avons besoin de le transférer sur un compte aux États-Unis. En échange de ce service, nous serions heureux de céder 10 % de la somme (4,8 MILLIONS DE DOLLARS) à notre heureux collaborateur.

C'est VOUS que nous avons choisi, même si nous envisageons également de sélectionner votre voisin, Larry Stanowitz. Nous savons que Larry a déjà assez d'argent puisqu'il se pavane dans sa nouvelle Mercedes et exhibe des sacs de chez Fauchon. Mais nous ne demandons pas la charité. Juste un compte en banque.

Si Larry est incapable de saisir la chance qui s'offre à lui, votre collègue de travail, Sheila Drucker, pourrait être intéressée. Bien sûr, c'est une sale lèche-bottes. Et puis elle risque de vous souffler le poste que vous convoitez à la direction. Elle pourrait accepter notre proposition. Une fois encore, nous ne cherchons pas un citoyen modèle. Juste un compte en banque.

Répondez-nous vite.

Sinon, comme mentionné, nous ferons appel à Larry ou Sheila. Ils paraissent bien disposés.

Cordialement,

M. Obassanjo

Destinataire : moi
Expéditeur : Alerte Gmail
Objet : Confirmation de mot de passe

Cher(e) abonné(e),

Le serveur impose que vous confirmiez votre mot de passe. Veuillez répondre dans un délai de vingt-quatre heures, faute de quoi votre messagerie sera désactivée.

Ce qui ne serait pas forcément une mauvaise chose.

Pourquoi avez-vous besoin de consulter vos messages si souvent ? Cette manie vire à l'obsession. Vos relations sociales en souffrent. De même, votre sens critique - qui tend à devenir plus lent mais plus perspicace - s'en trouve altéré.

Cette histoire d'amour avec votre messagerie s'est transformée en addiction. Une addiction dont la société en général, pas uniquement vous, est à la fois victime et complice. Les incessantes sollicitations de votre mère, qui vous envoie des photos de son club de lecture (celui-ci devrait plutôt s'appeler le club de Prenez-des-clichés-de-tout-ce-que-vous-mangez-au-club-de-lecture), ou les actualisations condescendantes des profils de vos amis avec enfants, lesquels martèlent combien ils sont épanouis et combien le métier de parent s'avère facile, sont pour vous autant de chimères inaccessibles.

Votre compte Gmail est une geôle panoptique bâtie à votre propre image, une prison désespérée où des gardiens de solitude vous épient.

En répondant à cet e-mail avec votre mot de passe, vous entretiendrez le cercle vicieux dans lequel vous êtes enfermé.

Peut-être devriez-vous marquer une pause, sortir vous promener, parler à de vrais gens.

En nous excusant pour ces désagréments.

Google messagerie

Quelques virelangues

Peter Johnson a sélectionné des épices en pot.
Si Peter Johnson a sélectionné des épices en pot,
Combien d'épices en pot Peter Johnson a-t-il
sélectionnées ?

Combien de rondins une marmotte pourrait-elle
ronger ?
En admettant qu'une marmotte puisse ronger quoi
que ce soit.

Sally vend des exosquelettes de poissons sur la plage
sablonneuse.

Si Petit Ours Brun était chauve,
Comment pourrait-il être brun ?

Moïse pense que ses phalanges sont éternelles
Mais il se trompe
Car aucune phalange n'est éternelle
Comme Moïse le conçoit.

Un petit malin
Pense qu'il mérite son titre.
Deux petits malins
Pensent également qu'ils méritent leur titre.
Trois petits malins
Convoitent cette désignation collective.

Velours vert vif, velours vert vif…

New York est différent.

Elisabeth Botter a acheté de la margarine
Mais la margarine qu'Elisabeth a achetée
Était aigre.
Elisabeth a donc acheté de la margarine
De qualité supérieure,
Et grâce à elle
Le goût était moins aigre.

Ma mère m'a obligé à me débarrasser de mes barres Mars.

James a partagé le maïs en deux,
Mais je m'en moque complètement.

Je crie.
Puis tu te joins à moi.
Très vite, nous nous retrouvons
À chanter les louanges de la crème glacée.

PETER
JAWORSKI
& his band

9

IL NOUS RESTE JUSTE ASSEZ DE TEMPS POUR UNE DERNIÈRE CHANSON

Merci beaucoup ! Vous êtes formidables ! Buffalo est une de mes villes préférées. Nous adorons venir ici, jouer dans la meilleure salle qui soit, L'Arbre Mort. Il nous reste juste assez de temps pour une dernière chanson. J'aimerais que le rock se prolonge jusqu'au bout de la nuit, mais nous sommes forcés d'abréger pour diverses raisons.

Notre bassiste, Steve Barron, a deux gosses. Il est obligé de rentrer tôt. Je sais ce que vous vous dites : « Deux gosses ? Mais quand le groupe est passé l'année dernière, il n'en avait aucun. » Eh bien, il a eu des jumeaux. Coup d'essai, coup de maître. C'est ce qui s'appelle un baptême du feu dans les règles de l'art. Steve est un homme fécond.

Et Mark Platt, au violon, a une cloque de la taille d'une petite balle de golf sur le pouce, je ne plaisante pas. Chaque note est une torture pour lui. Voilà pourquoi nous ne jouerons qu'un dernier morceau.

De toute façon, Dan Simmons, notre batteur, n'en connaît pas d'autres. Son prédécesseur, Sammy Marber, a quitté le groupe pour cause de différend artistique (sous-entendu, c'est un psychopate shooté à la cocaïne) et Dan n'a pas pris la peine d'apprendre tout le répertoire. Si nous jouions d'autres morceaux, nous devrions nous dispenser de batterie.

Personnellement, je serais ravi que le concert dure toute la nuit. Je n'ai rien d'autre à faire. Ma vie entière tourne autour du groupe. J'écris les chansons, je chante et notre formation s'appelle « Peter Jaworski & his band ». C'est moi, Peter Jaworski. Je me suis investi à fond sur ce projet et, à vrai dire, la solitude commence à me peser. Personne ne m'attend à la maison. Je mange des plateaux-repas devant la télé, je regarde Netflix. Rien de bien excitant. Mon existence est devenue tellement creuse que je n'ai plus vraiment de sujet à aborder. Voilà pourquoi vous venez d'entendre trois morceaux consacrés à la vélocité de ma Honda Accord. Les deux premiers étaient intéressants, le troisième redondant, je sais.

Tout cela pour expliquer que nous ne jouerons plus qu'une chanson. Jojo, notre régisseuse, souffre d'une légère addiction au jeu. Elle doit joindre son bookmaker sur Skype. J'imagine que ça manque de professionnalisme, mais Jojo est une bonne régisseuse. De toute façon, nous n'avons pas assez d'argent pour nous offrir quelqu'un de mieux.

Et puis il y a cette histoire de syndicat. Je n'ai rien contre les syndicats, mes parents étaient profs. Mais passé 22 heures, on bascule en majoration et je me fais avoir.

Sans oublier que Pinkie, au tambourin, a un rancard. Non, vous ne rêvez pas. Pourtant, regardez-le, avec sa barbe mal taillée et son mètre cinquante. Eh bien figurez-vous qu'une femme a accepté de sortir avec lui.

J'ai également l'intuition que certains roadies n'apprécient pas autant « Peter Jaworski & his band » que moi. Quand j'ai demandé à Dwayne Beemer s'il aimait les paroles sur lesquelles je travaillais la semaine dernière – *Ton amour ressemble à du papier de verre sur mes veines* –, il m'a regardé comme si j'étais un crétin intégral. Maintenant, je vois sa moue dubitative chaque fois que j'entonne *Râpeuse idylle.* Impossible de l'effacer de mon esprit. Je comprends son mécontentement : il porte les amplis d'un tiers des groupes gothico-grunge de la région des Lower Lakes. Mais il pourrait être un peu plus diplomate. Moi aussi, j'ai mon amour-propre, Dwayne.

D'autres raisons nous obligent à écourter le concert. Teddy Faour a réservé le restaurant, l'abonnement Wi-Fi d'Aliya Coleman expire à minuit, Shepherd Brennan a besoin de se laver les cheveux, et Rory Thompson souffre de reflux gastrique. Il nous reste donc juste assez de temps pour une dernière chanson.

Alors, sans plus attendre, mesdames et messieurs, voici notre ultime morceau : *Ma Honda noire* !

REMERCIEMENTS

Je tiens à remercier mes formidables éditeurs : Peter Blackstock, chez *Grove Press*, Susan Morrison au *New Yorker*, et Chris Monks pour *McSweeney's*. Chacun d'eux m'a encouragé (respectivement) : à travailler la concision, à prendre du recul et à préserver de la mièvrerie les histoires d'un garçon de neuf ans. Merci également à Judy Hottensen, Deb Seager et Morgan Etrekin de *Grove Press*, David Remnick et Ema Allen au *New Yorker*, sans oublier Dave Eggers à *McSweeney's* pour leur clairvoyance extraordinaire et l'honneur qu'il m'ont fait d'accepter mes écrits au sein de leurs publications. Toute ma gratitude à mes infatigables agents : Simon Green, Michael Kives, Craig Gering et Olivier Sultan, grâce à qui ces chroniques peuvent être lues par d'autres personnes que celles citées sur cette page. Merci à Jean Jullien, qui n'a pas besoin de mots pour être plus amusant que la plupart des gens loquaces. Sans oublier Lee Gabay, Jim Beggarly, Anna Strout, Gabe Millman, Brian Westmoreland et Mia Wasikowsa. Merci enfin à ma famille, dont le soutien est précieux et la tolérance exemplaire. Personne n'a essayé d'imposer son veto, même lorsque les plaisanteries le concernaient.

Table

1. LA DORADE ME DONNE LE HOQUET : CRITIQUES GASTRONOMIQUES D'UN PRIVILÉGIÉ DE NEUF ANS

2. FAMILLE

3. HISTOIRE

4. MA COLOCATAIRE M'A VOLÉ MES NOUILLES : LETTRES D'UNE ÉTUDIANTE DE PREMIÈRE ANNÉE FRUSTRÉE

5. RENCONTRES AMOUREUSES

6. SPORTS

7. DÉVELOPPEMENT PERSONNEL

8. LANGAGE

9. IL NOUS RESTE JUSTE ASSEZ DE TEMPS POUR UNE DERNIÈRE CHANSON

PAPIER À BASE DE FIBRES CERTIFIÉES

Le Livre de Poche s'engage pour l'environnement en réduisant l'empreinte carbone de ses livres. Celle de cet exemplaire est de :
300 g éq. CO_2
Rendez-vous sur www.livredepoche-durable.fr

Composition réalisée par PCA

Achevé d'imprimer en août 2018, en France sur Presse Offset par
Maury Imprimeur – 45330 Malesherbes
N° d'imprimeur : 229741
Dépôt légal 1re publication : septembre 2018
LIBRAIRIE GÉNÉRALE FRANÇAISE – 21, rue du Montparnasse – 75298 Paris Cedex 06

35/6131/7